聽我初生之啼

白石一文
Shiraishi Kazufumi

0.

下週四有空嗎？

良治這麼問，是上週三，九月九日的事。

「要幹嘛？」

九月起，課堂上的實體課重啟。但是，名香子一方面仗著自己只是兼職，抱著輕鬆的心態，打算繼續延長視訊課的時間。七月半接獲放完暑假就要重啟實體課的通知時，名香子也已經跟班主任佐伯先生提出申請了。

「名香子老師的課不能恢復實體教學眞的非常可惜，但也沒辦法。」

佐伯主任表示同意。

這是因爲，名香子在邁入二十歲前得過自發性氣胸，雖然當時只住院幾天就痊癒，後來又反覆輕微發作過幾次。最近一次是七年前，四十歲的時候。

以四十七歲的年紀來說，就算感染也幾乎沒有轉爲重症的可能。只是，考慮到過去罹患氣胸的病歷，做好徹底的感染預防才是上策。

聽說也有不少毫無症狀，上呼吸道卻驗出大量病毒的確診陽性患者。即使已盡可能做好預防對策，和一大群學生待在同個教室裡上課，還是一件很危險的事。

萬一感染且釀成肺炎，肺部機能比一般人脆弱的名香子轉爲重症的可能性肯定相當高。

因此，從新型冠狀病毒開始肆虐全世界的三月起，她就是補習班裡第一個提出取消實體課的講師，之後也一直保持以視訊授課的方式工作。

除了車站前英語補習班的兼職講師工作外，在自家上課的每週兩次一對一教學也同時切換爲視訊課。補習班的課是每週一到週三下午，在家上的一對一教學則是週五和週六的上午和下午。星期四和星期天是固定放假的日子，所以上週吃過晚餐、洗完澡的良治問「下週四有空嗎」時，名香子還不覺得哪裡奇怪。

從事研發工作的良治偶爾也會在平日排休，加上新冠病毒流行後，政府發布緊急事態宣言時他就在家辦公，卽使解除宣言，仍維持每週一到兩天在家工作的步調。因此，平日兩人如果想外出做什麼時，依然和以前一樣習慣選星期四。

只是，這半年多來，說是說外出，頂多去附近購物中心逛逛。這種時候，也多半只是美食街喝喝咖啡，連上餐廳吃飯都小心翼翼地避免了。

不用說，名香子肺的問題良治也很清楚，所以現在仔細想想，上星期他問「下週四有空嗎」，實在有點不尋常。如果只是要一起去購物中心，良治不可能特地提早一星期詢問名香子是否有空。

「要幹嘛？」

名香子當下立卽這麼反問，也不是因爲察覺有異。當時的反應，充其量和被問「明天要一起上哪去嗎？」時差不多。

「有點事。有個地方想要妳跟我一起去。」

聽到良治接下來的這句話，名香子才終於察覺丈夫這句「下週四有空嗎」有特別含意。

新冠病毒疫情流行至今，不管是星期四還是星期日，也不管要去哪，良治從來沒有提早一星期詢問名香子過。這時，名香子也才第一次意識到這一點。

「想要我一起去的地方？」

名香子疑惑地問。「下週四」的九月十七日，不是什麼特別日子。彼此的生日都不是這天，也不是結婚紀念日。

面對她的疑問，良治展現出更奇怪的態度。

「當天我再告訴妳喔。總之，妳先把下週四空下來。早上九點一起出門，要辦的事最晚中午前應該就結束了。」

穿著浴袍的良治只這麼說完，就跟平常洗完澡時一樣，快步回到二樓自己房間去了。

1.

二〇二〇年九月十七日早上，名香子提早三十分鐘起床了。時間是六點半，初秋鮮明的陽光隔著窗簾照進五坪左右的寢室。昨天和前天都下雨，氣象預報也說今天上午還會有雨，這出乎預料的晴天，讓名香子醒來時心情很好。

走出二樓寢室，朝位於同一層樓，良治用來工作的房間走去。正對名香子寢室的，是女兒眞理惠上大學前使用的西式房間。西式房間的隔壁做成儲藏室，而良治工作的六坪大西式房間，則在儲藏室再過去的梯廳另一頭。

差不多四年多前，良治把床從寢室搬到工作用的房間，晚上也睡在那。

與此同時，名香子把自己原先放在一樓佛堂的書桌和椅子、書櫃等搬進二樓的寢室。過去夫妻同寢共眠的臥房，現在由她一人獨佔。

站在良治的房間前敲門，沒有反應。輕輕握住門把，靜靜打開門。

辦公桌前與對側窗邊的床上都沒看到人。良治個性一板一眼，床上整整齊齊罩上了床罩。

他今天似乎起得很早。

名香子直接穿著睡衣下樓。

一樓有約十坪大的客廳和五坪大的佛堂，良治也不在這兩個地方。走到玄關檢視，沒看到他散步時穿的慢跑鞋。平時多半在週末或傍晚散步的良治，今天大概早起去散步了吧。

他上次說九點出發，所以時間還早。不過，昨晚睡了六小時，現在已經神清氣爽。

名香子回到臥室，換上家居服，打開一樓和二樓的窗戶，啟動洗衣機後，自己再去洗臉刷牙。

今天要去哪，還沒聽良治說。既然他說「當天再告訴妳」，就等他散步回來再問好了。

那之後，其實也問過他幾次「噯、星期四要去哪？」

「還不能說。」

良治就是不鬆口。

世界上有很多無話不談的夫妻，但名香子與良治不是。牽手二十多年，反而因爲重視彼此的時間與距離，才能風平浪靜地走到今天。

良治是個徹頭徹尾的理科人。早在結婚前名香子就很清楚，良治和天生是個文科人的自己屬於不同種族。婚後也過著不斷驗證這點的生活。

眞要說起來，在知名電子公司當了多年工程師的丈夫，具體到底從事什麼工作，名香子完全不知道。良治從來沒對名香子這個外行人詳細描述過工作內容，他書架上整排電子工學相關的專業書籍，光是書名名香子就看不懂了。即使結爲夫妻，共度人生，這些堪稱人生中重要部分的事，對名香子而言至死都只會是個黑盒子。

假設換成一對經營一家餐廳的夫妻，比方說先生是大廚，妻子負責外場，那麼他們必然不會隱瞞對方任何事，凡事互相分享。面臨各種生活中的驚濤駭浪時，非得共乘一條小船渡過不可。可是，像良治與名香子這樣的上班族家庭，除了育兒之外，大部分的人生難題，基本上都得靠自己獨力克服。

事實上，無論良治還是名香子，過去遇到工作上的麻煩時，幾乎都默默自己解決了。除非特別嚴重的狀況，否則無論懷抱何種煩惱，也從來不曾告訴對方過。

「最近你好像有點無精打采，公司裡出了什麼事嗎？」

「嗯，有點問題。」

「不要太勉強自己喔。」

大概都像這樣，用電視劇角色般的台詞敷衍了事。

十多年前，只有那麼一次，良治說出想辭職的話。那時兩人也認眞討論了一番。不過，最後因爲公司的讓步，良治收回辭呈，選擇以研發人員的身分繼續留在公司。

這個選擇帶來的一大成果，就是買下這棟位於東京近郊的房子。

良治口中「從頭到尾都是他一個人創意與心血產物」的非接觸式IC卡相關劃時代技術，「被公司橫奪了」。有段時間，他甚至做好跟公司打官司以拿回專利權的心理準備。自知敗訴可能性高的公司方急忙展現讓步意願，雙方妥協的結果，就是給予良治只限單次的高額「獎金」。這筆獎金，最後化作夫妻倆現在住的這棟新蓋的透天厝。

老實說，良治研發的新技術是如何應用在Suica或PASMO等各種IC卡上，名香子根本不懂，也不知道這項技術有多「劃時代」。只是，雖說位於近郊，能在東京稱得上頗受歡迎的住宅區買下如此寬敞獨棟房屋的金額，就算公司只發了這麼一次獎金，也足以證明良治的技術具備相當高的價值。

假設良治取回技術專利自己開公司，說不定會爲德山家賺進更多錢。

可是，當良治提出獨立創業的想法時，名香子委婉表達了反對意見。從年輕時就只專注研發工作，怎麼看都不擅長與人交際的良治，有他不食人間煙火又爛好人的一面。不管別人說什麼，良治總是照單全收，容易同情別人或與他人產生共鳴。名香子雖然喜歡這樣的丈夫，一旦要他在現實生活中創立公司，管理部下與推進事業，這種個性說不定會成爲致命缺陷。

——在瞬息萬變，先下手爲強的商業世界，這個人無法成爲好的經營者。

看著丈夫因專利被公司無情利用而憤慨，眼眶含淚提出想自行創業的念頭時，名香子做出了冷靜的判斷。

光是能不用貸款就買下這棟房子，名香子已經心滿意足了。拜零房貸之賜，良治的薪水加名香子當英語講師的收入，使德山家擁有十足充裕的家用，每個月還能存下一筆錢。儘管現在進入人生百年的時代，等未來眞理惠結婚之後，夫妻倆的老年生活也無須太過憂心。

關於工作，良治或許還比較清楚妻子到底在做什麼。從關西的外語大學畢業後，名香子進入神戶某間女子教會中學當英語老師。之後也一直從事英語教職。大學時代，她還曾前往英國留學一年。

良治則是在東京都內的工業大學讀到研究所，畢業後進入現在的公司。任職第三年時，被派到美國的研發單位，在聖荷西過了兩年的研究員生活。也因爲這段經歷，他自己在英語上下過一番苦工，對名香子的工作有一定程度理解，也認同她的工作價值。

一九九三年，良治二十七歲，前往美國的那年，正值大二的名香子正好去英國留學。這一年，波斯灣戰爭造成世界政治局勢的不穩定，同樣擁有這段期間的海外生活體驗，也在幾年後兩人相遇時，成爲瞬間拉近彼此距離的一大要素。

良治今年五十四歲。和名香子差了七歲。

儘管不到出現代溝的程度，自己小學時對方已經上國中了，名香子認爲，以夫妻來說，這樣的年齡差距可說相當大。良治本性溫和，又比名香子大上七歲，兩人之間幾乎沒有過稱得上爭吵的爭吵。

「以我們家的狀況來說，與其說是夫妻感情好，不如說是身爲丈夫的爸爸忍耐力異於常人吧。」

前幾天，已經上大學的女兒眞理惠難得回家時，說起她高中時代的好友父母最近離婚的事，順著這個話題，發表了上述意見。聽到她這麼說，名香子有些錯愕。

「聽妳這麼說，好像是媽媽一直把爸爸踩在腳下似的。」

即使名香子也承認良治個性溫和，她還是認爲自己向來對年長七歲的丈夫頗爲順從。女兒說「爸爸忍耐力異於常人」，這話她無法接受。

「嗯——也不是什麼踩在腳下，跟那意思有點不一樣……」

沒想到名香子會反駁，眞理惠似乎有些嚇到，只給了這種模稜兩可的回應。

差不多二十分鐘後，良治散步回來了。

牆上掛的時鐘，正好指著七點。

脖子上纏著運動毛巾，身穿 kaepa 的運動服，良治頂著一頭汗水走進客廳。運動服的上衣和褲子都是白色，不只限於運動服，良治的衣服都是白色系。

不但不嫌白色容易弄髒，從年輕時就什麼都喜歡用白色的他，反而說「白色的好處是一弄髒就會發現」。雖說這就是凡事一板一眼又愛乾淨的良治作風，但從車子到壁紙、椅子到桌子，餐具、球鞋衣物、甚至植物盆器，只要交給他決定，絕對是清一色的白。多虧名香子一次一次反對，才勉強為家裡保留了一點色彩。

「要是全部照爸爸說的做，我們家就要變成醫院了。」

眞理惠懂事不久就加入名香子的陣線，現在良治對白色的喜好，只侷限在他自己工作的房間和身上穿戴的物品。

即使如此，襯衫非白色不穿，連愛車和腳踏車都從一而終選擇白色。順帶一提，他也只繫藍色系的領帶。

明明這麼愛白色，偏偏對最近變得顯眼的白髮異常敏感，自己勤快地跑藥妝店買回遮蓋白髮的染髮劑，每個月都會仔細染兩次頭髮。

「只討厭白髮，這不是自相矛盾嗎？」

關於這一點，眞理惠也經常黜臭他。

「這個，一起吃吧。」

還穿著運動服就在餐桌前坐下，良治指著放在桌上的東西這麼說。那是他從提回來的塑膠袋裡取出的兩個三明治。

看來，今天他的散步路線是走到車站前去了。離家最近的車站，徒步要走二十分鐘，平日多半騎腳踏車去搭電車。通往車站的這條路地勢平坦，沒有坡道，騎腳踏車很方便。平常散步的話，不會走去南邊的車站，多半會去北邊的大型森林公園，沿著步道走。今天早上之所以散步到車站前，爲的應該就是買早餐吧。

良治愛吃便利商店的三明治，有時一個人去買來吃，有時連名香子的份也一起買。話雖如此，已經好幾年沒像這樣買來當早餐吃了。他買的三明治種類也固定，就是生菜火腿三明治和雞蛋三明治兩種。良治自己吃的話只買生菜火腿，如果連名香子的份一起買，就會再加一個雞蛋三明治。兩人一起吃的時候，一定會每種口味各分一個來吃。

「那我只要泡咖啡就好囉。」

「當然。」

良治點點頭。

「今天還很熱喔，不必穿太多。」

說著，他像想起什麼似的，從椅子上起身。

「等一下再沖澡，我先去洗把臉。」

說完，他就走向洗臉檯去了。

2.

吃完三明治。

「噯、差不多該告訴我今天要去哪了吧？」

名香子問。

微低著頭的良治抬起頭，視線先在名香子背後的開放式廚房游移了一會兒，才聚焦在她臉上。

「都立癌症中心。」

雙手包覆馬克杯的良治，輕輕放開右手這麼說。

「其實，上個月公司健康檢查時發現問題，這個月初就去癌症中心接受了進一步的詳細檢查。檢查結果今天出來，才想說，希望名香可以陪我一起去看報告。」

婚後，良治都稱名香子「名香」，名香子則稱良治「良治哥」。

往年公司健康檢查都在五月，今年受到新冠病毒疫情影響而延期，直到八月過完中元節才終於舉行，這事名香子也知道。因爲健康檢查前一天，良治不但放棄晚酌，晚上九點之後就不吃東西，連隔天早餐都不吃。爲此，良治有提早跟名香子報備。

只是，過去他從未在健康檢查中發現異常。名香子每隔幾年，想到才問一下「檢查結果如何？」得到的都是「完全沒問題」的回答。這幾年更是一結束健康檢查就把這事拋到九霄雲外，問也沒問了。

「發現問題是哪裡有異狀嗎？」

即使是在每兩個日本人當中就有一人罹癌的時代，聽到「癌症中心」這個詞，還是讓人內心難以平靜。

「肺。」

良治左手也放開杯子，摀住右邊胸口。

「X光照出肺部有圓形陰影。」

「圓形陰影？」

「差不多三公分大，公司的駐診醫師說，保險起見，還是去癌症專科醫院做精密檢查比較好。所以我月初才會去做了檢查。」

良治淡淡地說。

「抱歉一直沒跟妳說。」

他又補上這句。

像這樣一開始就道歉是良治的美德。當然，他之所以隱瞞二度檢查的事不說，是爲了不讓名香子陷入不必要的焦慮。

「那公司的駐診醫師看了X光片怎麼說？」

「說光看X光片無法確定，只是無法否認有肺癌的可能。」

「肺癌……」

「就是這樣，所以我想至少今天不能再瞞著妳了，才會請妳跟我一起去。對不起，讓妳擔心了。」

良治再度道歉。

「哪有對不起什麼。」

倉促之間，名香子連話都說不太好。

這麼有活力，今年七月就要滿五十四歲的良治怎麼會得肺癌？

實在太教人難以置信。

「一定不是肺癌啦，良治哥又不抽菸，家族裡也沒人罹癌不是嗎？你有咳嗽或喘不過氣的症狀嗎？」

名香子這麼說，一半是爲了說服自己。

「老爸有個哥哥得過肺癌。講是這麼講，聽說那個伯父原本就是連屁股都會冒煙的老菸槍，得肺癌也是八十歲之後的事了。」

「這事你聽誰說的？」

「老媽。不久前我打電話問她的啦。因爲駐診醫師也有詢問『家族裡有人得過肺癌嗎？』。當然，我沒把自己檢查的事告訴媽。」

良治的母親節子，和大兒子一起住在故鄉栃木市。良治是兩兄弟裡的老二，哥哥良太郎從東京醫科齒科大學醫學院畢業後成爲醫生，現在在老家開皮膚科醫院。

「那位伯父和良治哥的情況完全不同嘛。」

「對啊。而且我只在小時候見過那位伯父兩、三次。他似乎跟老爸借錢沒還，後來就斷絕往來了。」

良治父親是栃木農家的第四個兒子，聽說資質特別好，是兄弟姊妹裡唯一到東京讀大學的。畢業後當了幾年上班族，又回到故鄉栃木，自己開了一間製材廠，生意做得很成功。拜此之賜，良治兄弟倆從小過著經濟充裕的生活，也都上了東京的大學。直到他們上大學前，因爲便宜的進口木材擠壓了國產木材的市場，製材廠的經營也愈來愈困難。父親良介便決定不把事業傳給後代，自己勤奮工作到古稀之年就毫不戀棧地收起工廠退休，兩年後因心臟病過世。那是名香子和良治在一起幾年後的事。婆婆節子則一直健康生活至今，沒記錯的話，今年已經八十三歲了。

「總之，萬一眞的得了肺癌，現在也有很多治療方法，良治哥絕對沒問題的。」

名香子這麼說。這也是說給自己聽的。

「名香，抱歉啊，忽然讓妳這麼擔心。」

良治瞬間露出哭中帶笑的表情，之後又這麼道歉。

「良治哥沒有做出任何需要道歉的事。」

名香子苦笑著說，內心暗忖，難道——

該不會其實公司的駐診醫師看了X光片後，說的是更嚴重的狀況吧。

從良治今天希望名香子一起去聽檢查報告這點看來，這個可能性應該很高。如果駐診醫師的意見是只有百分之五十機率罹癌，總覺得以良治的個性，今天應該會自己一個人去聽報告，事後再把結果告知名香子才對。

「那我們準時九點出發喔，預約的是十點的門診。」

良治端著馬克杯起身。大概想帶著還剩半杯的咖啡上二樓吧。

都立癌症中心在離家三十分鐘車程的地方，位於一片廣闊丘陵地帶正中央。這所五年前剛成立的尖端醫療病院，是首都圈先進醫療的一大據點，除了東京都內，也有不少來自近鄰縣市的癌症患者前來求醫。

兩年前，名香子英語補習班的講師同事罹患乳癌，曾在這裡開刀住院。名香子也去探望過一次。醫院巨大豪華到令人驚嘆的程度，名符其實給人留下「最先進醫療」的印象。那位同事很快就動完手術出院，現在已生龍活虎回到職場。

「今天我來開車吧？」

良治朝樓梯前的玄關廳走去時，名香子對著他的背影問。

「不用啦，這點小事根本不要緊。」

這次輪到良治露出苦笑。

3.

結完帳，離開醫院建築，走向眼前那座廣大停車場時。

「總之先吃午餐吧？」

良治以出乎意料的開朗語氣提議。

「也好。」

名香子表示同意。

良治的愛車，是去年剛買的 Lexus UX。這是 Lexus SUV 中最小型的車種，即使如此，扣掉用前一輛車舊換新方案省下的費用，還是花了超過四百萬。顏色不用說，當然是白色。空蕩蕩的平面停車場裡，這輛白色 Lexus 在陽光照耀下閃閃發光。

自認工作就是興趣的良治非常愛車，每隔幾年就要換一輛新車。任職的公司其實接近 NISSAN 系統，但良治本人從年輕時就都開 TOYOTA。不過，他絕對不開油電混合車。

「車子這種東西，就是得靠汽油跑起來。」

這似乎是他的原則，只是不知道究竟根據什麼。

「爲什麼用電當動力的車就不行？」

名香子問。

「不加汽油就不是汽車了啊。」

問了也只得到這種莫名其妙的回答。儘管汽車與電器領域不同，這大概是他身爲工程師的執著。

名香子繞到車身右側。

「沒關係啦。」

良治笑著這麼說。

和來的時候一樣，最後名香子還是坐了副駕駛座。

坐上駕駛座，手握方向盤，良治一邊看著擋風玻璃外的明媚風光一邊低喃：

「屬於我的春天，卻是不好也不壞……」①

接著，他朝副駕駛座轉頭。

「雖然不是什麼值得慶賀的事就是了。」

臉上又強裝笑容。

「良治哥絕對沒問題的。」

名香子這麼說。這次不是說給自己聽的。那位姓重田，年約四十五的醫師說明得十分懇切仔細，內容也實際上帶來希望。

「那我們走吧。」

良治握著方向盤，把車開了出去。時間是上午十一點五分。

名香子做夢也沒想到，這是最後一次和良治兩人單獨吃飯。

4.

從離名香子和良治家最近的車站再往都心過去三站，就是這一帶規模最大的轉運車站。要買什麼重要東西時，名香子多半會到這一站前的百貨公司買；遇到兩人

① 此處良治吟詠了小林一茶的俳句，前一句是「都說正月喜慶」。

生日或爲了慶祝什麼事，全家出門用餐時，也都習慣去車站旁的大飯店，從開在飯店裡的幾家餐廳挑一家來吃。

離開醫院不久，名香子就知道良治想去哪了。

他一定是想去位於那間飯店最高樓層的中式餐廳吃午餐。那間店的午間套餐，從以前就是良治的心頭好。

如果是那間店，桌位與桌位之間距離隔得很開，平日的午餐時間人也總是不多，幾乎不用擔心感染風險。

這半年多來，夫妻倆一次也沒外食過。只是，政府解除緊急事態宣言後，良治偶爾會因公在外應酬吃飯。

剛被醫生告知罹癌的他，會想和好久沒一起在外用餐的名香子一起去自己喜歡的餐廳吃午餐，這絕對不能說是無理的要求。

以良治謹愼的個性，他說不定最近才剛去過那間餐廳應酬，確定那裡防疫措施周全，才會帶名香子一起去。話說回來，既然已經得知罹患肺癌，良治自己才是最需要注意防疫措施的那個人。

不出所料，約莫二十分鐘後，車子開到轉運車站前，駛入那間大飯店的地下停車場。

「吃敦龍可以吧？」

熄了火，良治這麼問。

「之前我去那邊應酬了一次，桌子跟桌子之間全部都用隔板隔起來，感覺防疫對策做得很完善。」

果然跟名香子預料的一樣。

她暗自心想，二十多年夫妻可不是白當的。

「當然可以。」

用特別雀躍的聲音這麼說著，點點頭。

從地下二樓停車場的電梯直達最高樓層的二十五樓。

離正午還有一段時間，「敦龍」幾乎沒別的客人。服務生領著兩人到最靠裡面的一張桌子，果然如良治所說，每張桌子之間都以隔板隔開，形成一個一個小包廂。

「哇——」

在四人座的餐桌旁坐下，名香子發出讚嘆的聲音。

「是不是，這樣就跟在家沒什麼兩樣了吧？」

這個座位面對大窗，一點也沒有封閉感，可俯瞰窗外附設購物中心的轉運車站建築，以及匯聚了三條線路的巨大車站大廳。除此之外，車站再過去一點的平緩丘陵上，密密麻麻的住宅風景也盡收眼底。

良治任職的研究所，就在那個住宅區的最邊邊。

服務生端水上來，良治點了一人要價三千五百日圓的午間套餐。

「我喝一點可以吧？」

良治闔上菜單這麼說。

「嗯。」

看名香子點頭，良治又對服務生追加：「那給我一瓶啤酒和一個杯子。」

開車出門吃飯時，大致上都是去程由良治開車，回程輪到名香子開。愛喝酒的良治不管吃什麼都一定要喝兩杯，相較之下，名香子雖然不是不能喝，但對酒精沒有太大執著。假使下定決心一輩子都不喝酒，她有自信可以做到滴酒不沾。

從前菜開始上桌的午間套餐，比想像中還豪華。

「不覺得菜色吃起來比以前高級嗎？」

「畢竟現在這種時候，店家也拚命想拉住客人嘛。」

良治說著，展現旺盛的食慾。

說這個人得了肺癌，眞是怎麼看都覺得不可思議。名香子無法不這麼想。

可是，剛才重田醫師出示的電腦斷層掃描圖上，右肺邊緣的黑影雖然淡得難以辨識，那確實是個腫瘤。

「大小大概不到三公分，中心部位更小。檢查結果顯示目前腫瘤只有一處，還沒發現轉移。說是早期發現也不爲過。」

重田醫師解釋得很清楚。

「只要切除就能完全痊癒嗎？」

良治提出疑問。

「這個得再做進一步詳細檢查，否則無法斷言。不過，可以說目前仍在只要動手術就能完全痊癒的階段。」

看來，良治已經詳細調查過肺癌的相關資訊。之後他與醫師持續談論了許多專業術語，名香子只能默默在旁邊聽。

下星期住院兩、三天，進行精密檢查後，再決定最終治療方針。做出這個結論，今天與重田醫師的面談到此結束。

「明天就去跟公司報告，決定下週住院檢查的日期。」

一邊用調羹舀起魚翅湯，良治一邊這麼說。

「重田醫生也說，目前應該就是一期沒錯了。就算是一期裡病程最嚴重的IB，也還有超過七成的五年存活率。要是IA那就遠超過八成了呢。醫生不是也暗示了嗎，只要動手術切掉腫瘤，完全痊癒的可能性很高喔。」

良治在不大的玻璃杯裡注入啤酒，津津有味地品嚐。中瓶的麒麟一番榨還有半瓶沒喝。

和平常比起來，今天喝的速度挺慢。

即使如此，隨著菜色一道一道上桌，良治的臉也漸漸帶點紅暈。他酒量好，很少喝到面紅耳赤，更別說只是一瓶中瓶啤酒，竟然能讓他喝成這樣，真有點難以置信。由此可知這近半個月來，他大概每天都在緊張之中度日。

丈夫就在身邊這麼苦惱，自己卻一點也沒察覺，名香子不禁感到有些丟臉。

連甜點芒果布丁都吃完後，良治把還裝有啤酒的玻璃杯推到一旁，重新坐正了姿勢。

「名香。」

挺直背脊，凝視名香子的臉。

「今天，我有重要的話要跟妳說。」

名香子還在吃那黃色的布丁。但是，看到良治正襟危坐的樣子和認眞的表情，她也把湯匙放回碟子上。

——重要的話？

對才剛得知良治罹患肺癌的兩人來說，究竟還有什麼「重要的話」？以「今天」爲開場白，也不難想像他要說的事應該與生病有關。

「我一直煩惱什麼時候告訴妳，後來下定決心，只要確定眞的得了肺癌，就好好把話說清楚。」

「下定決心」。這幾個字敲進了名香子的耳朵。

這強烈的字眼，不太像從凡事冷靜以對，淡然處之的理工人良治口裡會說出的話。

「其實，我有喜歡的人。」

良治說。

「一年多前相遇後，就一直跟她在交往。話雖如此，現在疫情這樣，也沒有辦法一天到晚見面就是了……」

名香子緊盯著良治的臉。

不太明白，他到底在說什麼。

5.

「我打算從今天開始，等一下就去她家。因爲早已決定，只要確定得了肺癌就這麼做。」

名香子什麼都沒說，良治就自顧自地說下去。不過，他表現得一點也不尷尬，也沒有難以啟齒的樣子。從他說出口的每一個字、每一句話，就能明白他早已想好會有這樣的發展，也感受得到他下定決心把該講的話說出口的氣概。簡單來說，就是一股堅定不移的意志。

然而，身爲接收的一方，眼前的丈夫到底在說什麼，名香子還是一樣難以理解。

「這二十二年來，眞的承蒙名香妳照顧了。多虧有妳，才能把眞理惠教成那麼懂事的女兒，關於這點，再多的道謝都不夠，我眞的很感謝妳。所以，完全不是因爲我討厭名香妳了，事情才變成現在這樣。如果一年前沒有與她重逢，我想自己應該到死也會持續與名香的婚姻生活。可是，現實是我遇到她了。這麼說對名香很失禮，妳聽了或許也會很難過，但我遇見了她，愛她的情感比愛妳多出好幾倍。剛開始我也問自己，會不會只是一時的意亂情迷，但是老實說，打從一開始我就知道不是那樣的。

還有，在新冠病毒的疫情中生活了一年多，如今自己又罹患了肺癌，使我感到現在正是下定決心的時刻。就像剛才重田醫師的說明，幸好我的肺癌只是早期，有充分痊癒的可能。對於這點，我也不抱懷疑。當然，有些事還是得等下星期檢查結果出來才能確定就是了……

不過，即使如此，罹癌這件事在我的人生中，還是帶來難以衡量的沉重。感嘆自己終於也來到得癌症的年紀了啊。這或許是第一次，眞切感受到自己正一步一步朝死亡邁進。

事實上，說起來或許有點奇怪，但與她相遇，眞正愛上她後，我陷入一種和這次一模一樣的感覺。心想，啊，我的人生原來還有『再來一次』的機會啊，而且毋庸置疑的，這次的『再來一次』肯定是最後一次了。

在我漫長的人生中，曾遇上好幾次這種『再來一次』的機會。要掌握機會還是目送機會離去，端看自己如何決定。仔細回想，我曾擁有好幾次這種機會。不管是和名香結婚前，還是結婚後。而我每一次都眼睜睜目送機會離開，選擇維持現狀。我認爲那樣也沒錯，並不覺得自己做出錯誤的決定。最重要的是，無論做出任何決定，責任都在我自己身上。

以結果來說，現在，我正面臨最後一次的『再來一次』。是跟過去一樣選擇維持現狀，目送機會離去，還是把握這次機會，人生從頭來過。這些也仍必須依靠我自己的判斷。

而這次，我選擇重新來過。

我決定抓住最後的機會，把往後的人生變成和她共度的人生。

剛才也說過，這絕對不是因爲我討厭名香了。我只是更喜歡她，無論如何都希望能與她一起生活而已。使我做出決斷的原因，只有這麼一個。

和名香的婚姻生活平靜和諧，回首過往，應該沒有任何值得抱怨的地方。也把眞理惠養成了表現優秀，不需要父母操心的好孩子。她去年上了大學，今後一定會腳踏實地建立自己的人生。

聽我沒完沒了說著這些，對突然被提分手的名香來說，一時之間一定跟不上來，這我可以理解。所以我想，有機會的話，或許下次再說得更詳細一點。總之我今天會先去她那裡喔。接下來的治療，她會陪我一起做，這個我跟她已經有共識了。

和名香共同生活期間得到的所有東西，我打算全部交給妳。那個家裡所有的東西都是妳的了。要是有什麼我的東西妳覺得不需要留，那就全部處理掉也沒關係。

全都由妳決定即可。

今天開來的車也給妳。我等一下會搭計程車去她家。日用品她那邊全都幫我準備好了，我不會從家裡帶走任何東西。跟工作相關的文件及資料原本就放在公司，我也很快就會離職了。

不是因爲得了肺癌才辭職，我早就決定，如果能夠跟她一起生活，我就要立刻辭職。今後的人生，我希望盡可能在她身邊度過。

等拿到退職金了，我再匯一半給妳喔。

如果可以的話，我希望離婚，但這只是我的一廂情願罷了，要是名香說不可能離婚，那我也會先放棄。只是，過一段時間之後，我還是會寄離婚協議書給妳。等到名香也有那個意願了，到時候再聯絡我。雙方都確定要離婚後，就請律師進行流程，正式辦理各種手續，我想這樣比較好。」

良治緩慢，但一次也沒有停滯地說完這麼長一番話，才拿起剛才推到一邊的杯子，將裡面的啤酒一飲而盡，從椅子上起身。

手伸進上衣外套內袋，拿出一個白色信封，將那放在依然坐著的名香子面前。

「聯絡方式和其他事項，我都寫在裡面的紙上了。有什麼事想聯絡的話，請照這上面的方式聯絡。」

說完，良治從褲袋裡掏出汽車鑰匙，放在信封上。

名香子只能凝視著那信封和車鑰匙。不知爲何，她就是無法轉頭去看良治的臉。或許她內心懷有恐懼，彷彿只要現在看他一眼，今生將就此永別。

6.

良治帶著結帳單離開後，名香子動也不動地坐了好一會兒。

一下看看眼前的信封和車鑰匙，一下看看窗外明媚的景色，熬過這段空白的時間。

過了五分鐘左右，忽然發現信封和車鑰匙前面，還有吃到一半的芒果布丁。名香子拿起湯匙，把布丁吃完。

就在這時，有人敲了敲左手邊的包廂門，進來的是服務生。

「爲您送上新的熱茶。」

說著，服務生換上一壺熱的茉莉花茶，順便收走良治和名香子吃完布丁的碟子和湯匙，說聲「您請慢用」就又出去了。

名香子用手背將信封和車鑰匙推到桌子左邊，朝放在原本芒果布丁位置的茉莉花茶壺伸出手。雙手包住茶壺，享受那份溫暖，再往服務生送上的乾淨茶杯裡倒茶。

茶香伴隨蒸氣裊裊上升，飄到鼻腔內。確實是茉莉花茶的香氣。

端起茶杯，含一大口茶在嘴裡，靜靜吞下。

確實是茉莉花茶的味道。

茶杯放回桌上，名香子從推到桌子邊緣的車鑰匙底下抽出白色信封。緩口氣，打開沒黏住的封口，取出裡面的信紙。

東京都足利區千住富士見町 4-1

「如雨露」（咖啡廳）

03-3881-177X

香月雛

※ 平日早上到差不多晚上十點，大概都在這裡。週末休息，不過週六偶爾也會營業。

※ 香月小姐是我高中同學。我當學生會長時，她是副會長。

※有什麼事，當然也可以打到我手機。

這麼多年來，承蒙妳照顧了。眞的非常感謝妳。

令和二年九月十七日

德山良治

紙上的文字是用電腦打的。日期是今天。信封裡就只有一張信紙。

名香子還是不太能理解自己現在眼睛看到的到底是什麼。只是，比起剛才良治的那番長篇大論，像這樣追著白紙上的黑字看下來，自己如今置身的狀況，似乎多了一絲眞實感。

——良治究竟怎麼了？

腦中忽然浮出這句話。

這時，名香子才發現，從他吐出那句「其實，我有喜歡的人」之後，一直到剛才那一瞬間，自己腦中完全沒有浮現任何字句。

——良治是不是腦袋壞了？還是說，這是一個非常惡劣的玩笑？或是一點也不好玩的惡作劇？

盯著手邊信紙上的文字，名香子這麼問自己。

——如果這是惡作劇，難道我在自己沒注意到的時候，對良治做出什麼過份的事了嗎？

腦中浮出第一句話之後，各種想法紛至沓來。

——在他爲肺癌的事那麼憂慮的時候，我卻一點也沒發現，這件事讓他懷恨在心了嗎？所以故意編這種故事來惡整我，當作報復？

名香子拿出放在椅背和腰部中間的皮包，放在大腿上，取出裡面的智慧型手機。

叫出搜尋欄，打上「千住富士見町 如雨露咖啡廳」。

螢幕上跳出滿滿的搜尋結果。

看來，眞的有這家叫「如雨露」的咖啡廳。

回到搜尋欄，這次打上「香月雛」。沒有跳出任何搜尋結果。

名香子發現，自己爲搜尋不到這個名字而鬆了一口氣。

——這果然是良治編的故事。雖然不知道他爲何這麼做，或許早就計畫好在確認自己得到肺癌後，也要嚇唬我一下？

確實有一間名叫如雨露的咖啡廳，但是沒有「香月雛」這個人。剛才他故意留下車鑰匙離開，其實已經早一步搭計程車回家了吧？等名香子一臉落寞回到家，就在門口拉響拉炮。

「名香，妳完全上當啦！」

說不定還會這樣說著大笑。

「爲什麼要做這麼過份的事啦？」

當名香子這麼追問，良治或許會用帶有幾分認真的語氣回應：

「因爲今天是我被告知罹癌的日子啊，我也想讓名香跟我一樣大受打擊嘛。我這半個月來這麼焦慮苦惱，名香妳完全都沒發現，身爲人家的妻子，實在是不及格喔。」

真要說的話，光是「足利區千住的咖啡廳」這一點就很奇怪。

職場和住家都在東京靠西邊的城鎮，良治也長年生活在這裡，而千住幾乎可以說是位於東京最東側的地區，他怎麼可能熟悉那邊的咖啡廳。

回顧良治從老家栃木到東京至今的經歷，應該連一次都不曾和東京靠東那塊區域有所關聯吧。任職的企業總公司在田町，進公司之後一直都在從這裡開車三十分鐘車程的大型研究所上班。就讀的大學則位於目黑的大岡山，從單身時代算起，他的生活區域始終都在多摩川流域，與隅田川或荒川流域無關。

喝光一杯茉莉花茶，名香子從位子上站起來。折起攤開的信紙，收進白色信封，再放進包包裡。車鑰匙塞進外套口袋，走出包廂。

不知不覺，時間距離下午一點，已經又過了許久。

寬敞的店內只有零星客人，不知是否因爲午餐時間已過？從這冷清的氣氛看來，或許不是如此，果然還是因爲新冠疫情的關係，客人看上去比過去銳減許多。

沒想到睽違已久的外食，會以這種方式收場……

現在的名香子，連自己剛才吃了什麼都不知道。

搭電梯來到地下二樓停車場。以前每次到這間飯店用餐，通常都會順便去百貨公司或車站大樓裡買點什麼回家，今天完全沒那個心情。雖然說是早期發現，得知良治罹患肺癌，內心就像被人放下一包沉甸甸的包袱。而現在，這個沉重的包袱上，還多了一大塊重得無可比擬的鐵塊。

或許因爲心情慌亂的緣故，名香子在停車場裡迷路了好久。

花了五分鐘沒頭蒼蠅般亂走，好不容易找到那輛白色的 Lexus 時一陣安心，竟然全身虛脫無力。

坐上駕駛座。區區兩小時前，良治還坐在這裡，名香子坐在副駕駛座。在醫院停車場問他要不要換手時，良治笑著說「不用啦」的笑容浮現腦海。

當良治把手放在方向盤上，看著車窗外明媚的景色低喃「屬於我的春天，卻是不好也不壞……」時，臉上是什麼樣的表情？

「雖然不是什麼值得慶賀的事就是了。」

補上這句時，他對名香子轉頭露出了笑容。即使才剛被告知罹癌的事實，仍像平時的良治一樣冷靜。

——那一定只是個惡搞的玩笑。

名香子回想剛才的推理。

等一下回到家，良治肯定會裝作一臉若無其事的樣子來應門。

發動汽車引擎，駕駛座前的液晶儀表板上，浮出各種指示符號。

這時，名香子的視線自然而然被一個地方吸引。平常開車不太會注意的數字，爲何今天特別注意到了呢？名香子也不明白。

〈10400〉

數字如此呈現。

這是里程表上的數字。表示這輛車行走過的總距離。

和剛才一樣，名香子花了一點時間才理解這數字代表什麼。自己也發現腦袋運作的速度遲鈍得驚人。

「一萬四百公里……」

內心發出低呼。

「怎麼會……」

這次實際發出驚呼了。

良治買下這輛車，是去年九月的事，正好跟現在同一時期。和前一輛車一樣，這輛車主要的用途是通勤，但是今年新冠病毒散播開後，他在家工作的時間變多，政府發布緊急事態宣言期間，也一直都在家工作。去研究所上班的日子和往年相比銳減，開車出門的次數更是一口氣減少。

原本從家裡開車到研究所就花不到十五分鐘時間，來回距離算起來頂多不到二十公里。

更何況，今年家裡完全沒安排遠行。至於去年和良治開這輛車出門兜風的次數，也就只有年底去伊香保溫泉住一個晚上那次而已。眞理惠上大學後搬出去一個人住，那是夫妻倆睽違二十年不受旁人打擾的旅行。下重本住了不便宜的溫泉旅館，吃了豪華大餐，泡在溫潤的溫泉水裡好好療癒了一番。那也是在結束長年育兒生活後，紀念彼此從父母任務畢業的一趟旅行。可是，往返伊香保的距離加起來才不過三百公里。

這麼說來，這輛車一年跑出超過一萬公里的距離，顯然是件奇怪的事。

名香子拿起放在副駕駛座上的包包，從裡面取出手機，打開語音辨識機能。

「從這裡到千住富士見町的距離是？」

對著手機這麼發問。

「開車到千住富士見町的距離是五十三公里。」

手機很快給了這樣的回答。

跟家裡到良治任職的研究所距離差不多，也就是說，從家裡或職場開車到「如雨露」咖啡廳所在的足利區千住富士町，來回一趟大約一百公里。

假設這一年來，良治平均一星期開車去兩次「如雨露」，一個月八次的行駛距離就是八百公里，合計下來一年九千六百公里。不就幾乎等同於眼前里程表上顯示的行駛距離一萬四百公里了嗎？

名香子用不聽使喚的腦袋拚命思考。

這麼說來，良治確實說了和那個女人「一年多前相遇後就一直在交往」。

他還這麼說：

「如果一年前沒有與她重逢，我想自己應該到死也會持續與名香的婚姻生活。」

另外，他也說了：

「還有，在新冠病毒的疫情中生活了一年多，如今自己又罹患了肺癌，使我感到現在正是下定決心的時刻。」

正好距今一年前遇見那個名叫「香月雛」的女人，隨後買了這輛 Lexus UX。然後，良治開始頻繁開車前往「香月雛」所在的千住富士見町，「如雨露」咖啡廳……

雙手握住方向盤，撐住幾乎要倒下的身體。手握得愈來愈用力。力量通過手腕傳達到脊椎骨，之後慢慢地，背脊挺直，身體一鬆，整個人趴倒在方向盤上。名香子感覺到原本圍繞自己身邊的白色霧靄般混沌不清的東西已經散去，周圍的景色瞬間看得一清二楚。

擋風玻璃外的地下室停車場一片蕭條。

但是，心情比這空蕩蕩的停車場更清明。

良治大概就像這樣手握方向盤，趁我沒發現的時候，興匆匆地開車去千住富士見町的吧。那間叫「如雨露」的咖啡廳，一定是那個叫香月雛的高中同學開的店。

——良治不是那種會在獲知罹癌的日子對妻子開玩笑說自己有情婦的人。

懷著忽然清醒的心情，名香子心想。

良治說的全都是事實。

「這次，我選擇重新來過。我決定抓住最後的機會，把往後的人生變成和她共度的人生。」

這句話正代表著良治毫無虛飾的決心。

7.

回程的風景一成不變。

休假的星期四，名香子常一個人去那個車站的百貨公司購物。良治沒開車上班的日子，她也會像今天這樣自己開車往返。

熟悉的歸途景色一如往常。這條一年四季來回走過無數次的路，就算閉上眼睛大概都能開。這是名香子不動如山的日常中的一部分。爲丈夫、女兒或自己添購日常生活必需品，把家裡每個角落打點得整整齊齊，該有的東西一樣不缺，一直以來，名香子都以這種方式守護著德山家。不只家事，婚後仍繼續工作，除去生產前後的那段時間，從眞理惠還在喝奶的時候開始，她就一直保持育兒、家務和工作的三方並行，從未失衡。極力避免對年長七歲的良治表現僭越的態度，也不曾讓他獨自背負家庭經濟壓力。

德山家的存款簿裡，已經存了超過這樣的家庭平均該有的儲蓄，與其說是靠良治賺的錢，那更多是來自名香子的收入。

經濟上的安心感無可取代。能在丈夫退休前建立起這份安心感不只是良治的功勞，就算說是身爲妻子的名香子能幹也不爲過。名香子也敢如此自豪。

蓋現在這個家，正好是距今十年前，二〇一〇年春天的事。住在有車庫和庭院的透天厝，一直是名香子的夢想。良治拿到的特別獎金實現了這個夢想，名香子打從內心感激。

她還記得當時深深提醒自己，今後守護這個氣派的家就是自己的責任了。

因爲名香子父親工作經常轉調的關係，從小她就四處搬家，住的一直是父親的公司宿舍。日後父親辭職創業，在兵庫縣明石市定居時，名香子已經高中二年級了。她在父親買下的公寓裡只住了很短的時光，從進入大阪的外語大學就讀到結婚之前，她都一個人在外獨居。正因如此，在新蓋的透天厝裡生活，是她始終非常嚮往的事。十年前，搬出良治公司用來充當宿舍的公寓，搬進現在這個住宅區時，三十七歲的名香子終於實現長年來的夢想，深深沉浸於喜悅中。

把車停進車庫，名香子走進家門。

時間差不多要到下午兩點半了。

家中一片安靜。來自庭院的秋日陽光充分照進一樓客廳，將蕾絲窗簾上的樹葉圖案淡淡映照在米白的素色地毯上。

看到這安穩的景象，名香子鬆了一口氣。

走上二樓換衣服。

在臥室裡換好家居服，坐在床邊。單人床上也灑滿窗外照進來的明亮日光。

忽然想再看一次良治留下的那封信。還有，也想仔細查一查關於那間「如雨露」咖啡廳的事。

可是，放了信封和手機的包包不在手邊。這才想起剛才把包包放在餐桌上了。

從床上起身，走出臥室，朝良治工作的房間走去。

走到門外停下腳步，悄悄窺探門內的氣息。

說不定良治躲在裡面？

儘管心知不可能，還是有另一個無法不懷抱一絲希望的自己。

門內什麼聲音都沒有，名香子只得放棄，把門打開。

良治的房間也一如往常。乍看之下沒有任何改變。工作桌上的電腦和平常一樣放在那。

這台去年剛換新的高階電腦，是良治公司生產的商品。在個人電腦中屬於最高級機種，含周邊設備大概超過五十萬日圓了吧。買這類奢侈品時，良治通常會用自己的私房錢。詳情名香子也不清楚，只知道他還在讀研究所時取得幾項專利，至今仍不時收到專利授權費。

拋棄家庭離家出走時，不把自己愛用的電腦帶走，這有可能嗎？

踏入房間裡，打開衣帽間的門。先從下往上依序拉開靠左邊牆壁的特別訂製衣櫃抽屜。裡面那些良治自豪的T恤收藏品也原封不動。蒐集T恤是他從在美國工作時培養的嗜好，到現在已經有了這麼一整櫃的收藏。良治是歐美搖滾樂團T恤的收藏家。因爲個性一板一眼，抽屜裡的T恤全都折疊得整整齊齊。名香子檢視最上層抽屜裡的東西，那裡收的是良治最珍藏的T恤，每件都是價值好幾萬日圓的古董衣。

眞理惠剛上幼稚園的時候，名香子曾丟掉其中一件。

良治婚前就很愛穿那些T恤，卽使已經鬆鬆垮垮，連家裡有客人上門時還是照穿不誤。有一次，幼稚園的媽媽夥伴聚集到德山家來，討論幼稚園卽將舉行的活動。那天剛好是星期六，良治也在家。季節正逢夏日，他一如往常穿了上述鬆垮的T恤出現在衆人面前，名香子覺得丟臉極了。一方面也是爲了洩忿，後來洗衣服時雖然也洗了那件，但一洗完就把它丟了。

「噯，我那件寇特柯本的T恤呢？」

就算良治這麼問，名香子也不知道他在說什麼。既不知道T恤上印的那個人叫寇特柯本，也不知道這個人是何方神聖。不過就算這樣，她也知道良治說的是那件T恤的事。

「那件T恤太舊，我丟掉了喔。」

不當一回事地這麼回答完，良治立刻變了臉色。認識他這麼久，第一次看到這種表情出現在他臉上。

「妳到底做了什麼？」

他用壓抑憤怒的聲音這麼說。

「妳知道那是多寶貴的東西嗎？」

那天，良治將自己的收藏品一件一件出示給名香子看，分別說明它們的價值，詳細到了嘮叨的地步。名香子這才知道那是非常珍貴的東西，一件不下數萬圓。

「無論多寶貴，我向來秉持T恤這種東西就是要拿來穿的信念。反正打從一開始，我就沒想過要把這些收藏品賣掉。可是，這次妳做出的事，讓我決定收回這個信念。」

良治做出這個結論。接下來好幾天，他只在必要時才跟名香子說話。

最上層抽屜裡，他最愛的齊柏林飛船和超脫樂團的T恤，現在都還好好地收在那。

關起衣櫃抽屜，接著檢視放在櫥櫃深處的收納箱。良治從大學時期開始下將棋，有業餘棋士五段的實力。

「常有職業棋士跟我說，德山，你要是從小就下將棋，進入獎勵會也不是夢想。」

他總是這麼得意地誇耀，也蒐集了許多知名棋士親筆揮毫簽名的扇子。用桐木盒收藏的扇子，裝滿整個收納箱。

打開收納箱，扇子收藏品全都原封不動擺在裡面。畢竟他擺放得實在太整齊，即使只拿出一兩把也一眼就能看出。名香子確定眼前的箱子裡，一把扇子都沒少。

若說良治還有其他寶貝的話，就剩下收在玄關旁大鞋櫃裡的整套高爾夫球具了。不過，這個恐怕也還留在那裡。連T恤或扇子這種小東西都沒帶走了，又怎麼會帶走高爾夫球具這麼大的東西。

——他眞的離家出走了嗎？

名香子再次感到自己無法讀懂良治的意圖。

說他花了半輩子蒐集這些收藏品也不爲過，丟下這些寶貝奔赴情婦身邊，一點也不像名香子認識的良治會做的事。

「總之我今天會先去她那裡。」

良治是這麼說的。「總之」的意思是指還不算正式搬走，會再回來家裡一次，把自己的東西搬出去嗎？

可是，另一方面他也這麼說。

「那個家裡所有的東西都是妳的了。」

良治還說，就算是他的東西，只要名香子判斷不需要，全都都可以丟掉。

對啊。

他不是也說了嗎？日用品「她」全都會準備，自己「不會從家裡帶走任何東西」。

公司也很快就打算辭職，退職金會分給名香子一半。記得他還說了，會把那筆錢「匯」給名香子。

名香子站在足有一坪半大的衣帽間裡重重嘆氣。

今天腦子裡不知道浮現這句話幾次。

——良治究竟怎麼了？

這時，腦中閃過一個念頭。

要是現在把這些T恤和扇子拿到庭院裡燒掉會怎樣?在點火之前,先用手機拍下影片傳LINE給良治試試看。如果他沒反應,再陸續燒掉一件T恤、一把扇子,每燒一次就拍一次影片傳給他。

既然良治自己都說不要的東西可以處理掉,就算這麼做,他也沒理由抱怨。可是,這些都是他花費金錢和精力蒐集來的重要收藏品,親眼看到它們化成灰燼,再怎麼說內心也不會平靜吧,說不定會立刻飛奔回來?

如此想像了好一會兒,名香子才走出衣帽間。

總而言之,當務之急是再確定一次他眞正的意圖。

在中餐館裡時,他一開口就毫無預兆地提分手,自始至終只有良治一個人在說話,至於名香子怎麼想,他連一句也沒問,說完自己想說的,就立刻逃之夭夭了。

現在回想起來,自己至少該大聲叫住他,或追上前拉他回來才對。只是那時候,事情實在來得太突兀又超乎想像,當下名香子也失去正常判斷能力了。事後像這樣回頭看，才發現那或許也是良治預料中的事……

走出良治工作的房間，名香子下到一樓。

重讀良治留下的那封信，再上網查查千住富士見町那間「如雨露」咖啡廳吧。

然後，非得在今天內叫良治回家一趟不可。

8.

電話馬上就接通了。

當然不是打到「如雨露」，而是良治的手機。

「妳也太慢了吧，枉費我特地搭計程車。」

良治用愉悅的語氣說著莫名其妙的話。

「什麼太慢？」

「太慢打電話來啊。我還怕搭電車周圍會太吵，無法好好講電話，專程從飯店搭計程車過來呢。」

這才明白他的意思。良治原本大概以爲，名香子會在他去找那個女人的路上就打電話了吧。

「你現在人在哪？」

「千住啊。香月小姐家。」

從那間飯店到千住，車程大約一小時吧。良治下午一點前離開中餐館，現在早就超過三點了。換句話說，他一個多小時前就抵達香月雛的公寓。她家或許離咖啡廳很近。

「不管怎樣，你今天先回來。我們好好談。」

名香子這麼說。

牽手二十二年的妻子都這麼拜託了，照做也是理所當然的吧。內心雖然這麼想，但沒眞的說出口。這種時候，絕對不能在外遇的丈夫面前表現失態。別的不說，憑什麼自己非得那麼低聲下氣不可。

「那個辦不到喔。」

沒想到，良治的回答卻是毫不通融。

「辦不到？」

你在說什麼鬼話？這句話，名香子又吞回去了。

太過情緒化的反應，跟表現失態一樣蠢。

「我信裡不也寫了嗎？平日我幾乎都待在如雨露，要好好談的話，在那裡也能談啊。店開到晚上十點，妳今天要來也可以喔。反正我等一下就要過去店裡了。」

良治這番話實在教名香子聽不下去，也說不出話來。

這人到底在講什麼？

憑什麼非得要我像沒事人似的特地去你情婦開的店，「好好談」我們夫妻倆的事？

「那你的意思是，寫這麼一封信就能和我分開嗎？」

「名香，我沒那麼想啊。妳想見面的話，我隨時願意奉陪，真的要的話，今晚也可以。只是，我的意思是，既然已經離開了那個家，我就不能再次踏入那個家門一步。」

他無奈的語氣也令名香子煩躁。

沒取得妻子諒解，擅自決定離家出走的丈夫，怎麼能把話說得這麼冠冕堂皇。這實在太可笑了，連反駁都提不起勁。

「我說，良治哥。」

她打算換個方向試探。

「你是不是有什麼不能跟我說的特殊苦衷？所以才會編出這麼誇張的故事，離開這個家？」

雖然這句話是臨時想到的，一旦說出口，又覺得或許眞的被自己說中。說不定他在公司或私人遇上什麼非法事件，爲了不給名香子和眞理惠添麻煩，才故意拋棄這個家？

「特殊苦衷？怎麼可能有。」

可惜，良治斬釘截鐵否認了。

名香子也知道他一定在電話那頭露出了苦笑。

「就如我在敦龍跟妳說的，我早已下定決心，只要一診斷出肺癌，我就要離開這個家，到香月小姐身邊。就是這麼簡單。」

名香子嘆了口氣。內心陷入絕望，現在不管跟他說什麼，都不用期待獲得正常回應了。

「明明要談的是我們夫妻的事，爲什麼我非得去她的店不可？」

明知不會得到什麼好答案，名香子仍忍不住這麼問。

「我希望盡可能讓她也加入，三個人坐下來談。要是不行，至少想讓名香妳和香月小姐兩個人談。總之，我希望妳先見她一面。」

果然，他的回答又是這麼驚世駭俗。

不只如此，從語氣聽來，良治說這話是認真的。

「憑什麼我非得跟那種人單獨談不可啊？良治哥，你到底在想什麼？」

名香子再也無法克制尖銳的語氣。

電話那頭的他沉默了一會兒。

「總之，我隨時都願意跟名香妳談，但要我回那個家是不可能了。可以的話，希望妳過來千住，要是妳無論如何都不想，那就去別的地方見面也行。只是相對的，我就一定會帶她一起去。」

沒想到良治會這麼說。

「那就這樣，我現在要去店裡了。」

補上這麼一句後，良治逕自掛上電話。

9.

過了一星期，良治都沒有回來。

二十一日是「敬老之日」，二十二日是秋分，從十九號星期六到秋分這天的星期二，社會上的人普遍放著四連假。或許跟政府正在宣導的「GoTo 旅遊」政策有關，全國各地的觀光名勝滿是遊客，旅遊業、飯店業和觀光地區的餐飲業者，似乎都多多少少將跌落谷底的營業額挽回了一點。

與此同時，也有很多擔心進入夏天前展開的第二波疫情因此更加擴大。

雖然二十日就收假了，良治能用來住院檢查的日子也只剩下二十三、二十四、二十五日這三天。

放完連假後的二十三日星期三，爲了要不要聯絡良治問他住院檢查的日期，名香子猶豫了很久。可是，每次打開手機裡的 LINE 帳號或電話通訊錄時，腦中又會閃過他說的話。

「接下來的治療，她會陪我一起做，這個我跟她已經有共識了。」

不用說，良治完全沒有主動捎來聯絡。

名香子的工作維持正常。英語補習班假日照常有一對一的課。良治離家第二天，名香子仍按照行事曆上課。二十號星期天是最憂鬱的一天。提不起勁出門去任何地方，待在沒有良治的家裡又令人厭煩。話雖如此，也不可能去千住富士見町。星期四晚上，思考了很久，名香子決定先默默觀望半個月。一方面也是想賭一把，說不定這段期間良治自己就回來了。

——凡事都是欲速則不達。

名香子這麼認爲。

還能說得出這種話，不是因爲她堅信什麼，也並非眞的那麼從容不迫。只是想起遙遠昔日的痛苦回憶罷了。她告訴自己「這次試著冷靜一段時間看看吧？」

10.

和寶念富太郎這個名字聽起來很吉利的證券交易員重逢，是名香子從倫敦留學回來的兩年後。大學畢了業，剛找到教職那年。

名香子與相識於倫敦的寶念原本只有幾面之緣。他是名香子留學同伴之一的朋友，在倫敦唯一度過的除夕當天，那位朋友帶她去參加了日本人交流會主辦的日間派對，在那裡和寶念打過招呼。過完年後，寶念想起派對上聊到想看音樂劇的事，就邀請名香子和朋友一起去西區欣賞《鐘樓怪人》。

不過，在倫敦和寶念的往來僅只於此，回日本後也沒有互相聯絡。

一九九六年（平成八年）五月的黃金週假期裡，名香子在當時位於元町的大型書店海文堂逛原文書時，有人從背後叫了她。回頭一看，站在那裡的正是寶念。

寶念說他三月剛回國，下個月開始要在N證券神戶三宮分公司工作。

這是兩人睽違兩年半的偶然重逢。

沒有多久，就發展成親密交往的關係了。

名香子在當時任教女中所在的東灘區租了公寓，不過，交往後也會在寶念家過夜。理所當然長時間加班的寶念，在離公司只要徒步五分鐘的地方租了大樓公寓。這地方幾乎可以說是位於神戶鬧區的正中心。

起初是週末在三宮或元町約會，晚上去他家吃吃飯，看看錄影帶。偶爾放連假，也會租車去有馬溫泉。從神戶市區到有馬溫泉開車只要三十分鐘左右。慢慢地，演變成週末晚上在他家過夜，星期一一早從那裡去學校上班。星期一到星期四各過各的生活，星期五和週末就整天膩在一起。

只是，這種類似「週末婚」的生活持續了將近兩年，兩人都開始感到少了點什麼。第三年的連假過後，寶念率先提出「我們是不是差不多該住在一起了」。當然是以結婚爲前提同居的意思。

「那之前，希望你先去明石跟我爸媽打個招呼。」

神戶就在明石隔壁。名香子要跟男人同居了，當然得先知會住在明石的父母，這點寶念也完全明白。

那年名香子二十五歲，大她四歲的寶念二十九歲。兩人都在適婚年齡。

對於同居的事，名香子當然沒有意見。早就告訴過父母自己有交往對象，也暗示過可能會跟這個人結婚。

「隨時都可以帶他回家來讓爸媽看看。」

母親貴和子老早就這麼說過了。

要一起住的話，總不能住在寶念原本獨居的公寓房子。很快地，兩人開始找新家。一起逛不動產公司，跟著租屋仲介一間一間看房。這件事令名香子感到難以言喻的喜悅。

或許也可以說是深深感受到「結婚」這兩個字的魔力了吧。

仔細地到處看了一個月，終於在六月初找到一間兩人都喜歡的房子。那是一間離JR灘車站走路五分鐘的大樓公寓，離寶念公司雖然遠了點，相對的，離名香子任教的學校則近了些。格局是兩房兩廳，屋齡尚淺，環境也很好。能在交通這麼方便又漂亮的屋子裡和最愛的人一起生活，簡直像「做了一場太完美的夢」，連名香子自己都懷疑世界上真有這麼好的事嗎？

沒想到，實際上那還真的是「做了一場太完美的夢」。

決定星期天一起去不動產公司正式簽約的那個星期五夜晚，一如往常在三宮車站剪票口會合，再去東門街的老地方居酒屋。也已經講好後天順利簽約完後，下週末寶念就去明石的名香子老家拜見她父母。

這年剛入六月，近畿地方就發布了進入梅雨季的消息。這天也是，從早到晚下著不大不小的雨。

進入店裡，寶念只點了飲料。名香子問：「不點菜嗎？」

「菜等一下再點。在那之前，小名，我有重要的事跟妳說。」

他說這話的表情帶點緊張。

寶念都叫名香子「小名」，名香子則叫寶念「小富」。

「你怎麼了，小富？突然這麼正經。」

跟平常不一樣的順序，讓名香子忽然期待起來，「該不會……」

兩天後兩人的新家就要確定，下星期寶念還要去自己老家跟父母打招呼。

如果他要求婚，今晚可說是最佳時機。

「小名，眞的很抱歉。後天房子簽約的事，可以先取消嗎？」

沒想到，從寶念口中說出的卻是超乎想像的一句話。

瞬間，名香子腦袋一片空白。

「難道你要被調職了嗎？」

立刻這麼問。

寶念被總公司分發到三宮分公司已經三年了。這次在找房子的過程中，他也說了好多次：

「雖然我想還會在這待兩年，但明年就轉調的可能性也不是完全沒有。只是，到時候我會跟公司申請調派到大阪分公司，這樣還是能從這邊通勤。」

語氣聽起來也像在說服自己。

「不是那樣的。」

寶念搖搖頭。

「是更重要的事。」

接下來，他彷彿下定決心似的說出口的話，對名香子而言宛如晴天霹靂。說得更正確一點，那根本是她難以理解的事。

11.

我跟妳提過岡副吹雪小姐吧？今年春天調到我們分公司來的，大我兩歲的前輩。她跟我一樣跑法人客戶，辦公桌在我右手邊，長得跟小名有點像……好幾次我跟妳聊到工作上的事時，有提過她的名字，妳一定也記得才對。一開始只是覺得她跟小名好像啊，是個長得漂亮、頭腦又好的人。不過，坐在隔壁一起工作了一陣子，這個印象愈來愈強烈，才發現不只外表，連個性都很像。

可是，一直到不久前，都還僅止於此喔。想說我跟她一定也能像跟小名一樣處得來，事實上，這三個月並肩一起工作，也一起去拜訪了幾次客戶，果然不出所料，很快就和她建立了不錯的交情。

然後是差不多一個月前，我自己對小名提出「差不多該一起住了」的要求，也決定要去妳的老家拜見妳父母，還有找新房子住。實際上也和妳一起看了幾個房子，具體思考起和妳的將來。可是就在這時，我自己也不知道爲什麼，卻開始感覺這麼做好像有點不太對。

這樣好像不太對，好像有哪裡不太對。

當然我不是討厭小名了，現在也跟之前一樣喜歡妳。只是，一邊和妳去看各種房子時，我開始覺得那完全不是我想做的事。

爲什麼會這樣呢？

爲什麼我會忽然開始這麼想呢？

眞的連我自己都不知道原因。

身爲男人的我講這種話好像很奇怪，但我也想過婚前憂鬱症的可能性。

正好十天前，在東門街結束一組客戶的應酬後，我跟岡副小姐去喝了兩杯。記得嗎？是那間也跟小名妳去過幾次的愛爾蘭酒吧，生田神社旁邊那間。我帶岡副小姐去了那間酒吧。

一邊喝啤酒一邊聊了一些工作上的事之後。

「對了，你跟女朋友進展順利嗎？」

岡副小姐這麼問我。於是，我說著「不、其實……」把自己也搞不清楚的那些心情坦白告訴了她。

「岡副小姐，這到底是怎麼回事啊？我到底是怎麼了？」

我竟然把那種私事告訴今年才剛認識的公司前輩，自己都覺得大概是喝醉了。

岡副小姐聽了之後，也只是笑著說：

「都過著半同居的生活快兩年，會產生那種心情也是很正常的啊。」

她又說：

「可是，是寶念你主動提要一起住的吧，現在才說這種靠不住的話，你女朋友會不知道怎麼辦才好喔。」

她還說：

「振作一點呀，你是男人耶。」

簡單來說，她根本沒把我當一回事。

就這樣喝了幾杯，深夜一點多一起離開店家。我和岡副小姐都在公司附近租房子，我想說該先送她回家，畢竟她好像也喝得有點醉。結果，她卻說「完全沒這必要」拒絕了我，我們就在店門口解散了。

她住中山手通那邊，我則是住靠花之大道這邊。所以，岡副小姐說聲「那就這樣」，朝跟我相反的方向走掉了。

我覺得有些錯愕，心想自己再找一間喝吧。可是又覺得已經滿醉了，無可奈何，就朝回家方向走。走了一兩百公尺吧，忽然想去生田神社參拜。這個時間一定沒人，我可以盡情向神明傾訴最近剪不斷理還亂的心情。

擊掌膜拜後，整個人神清氣爽多了，酒意也瞬間清醒。完全恢復精神的我，覺得就這樣回家太可惜，便直接朝跟家相反方向的北長狹通走。

深夜散步也挺酷的嘛。

走到元町車站前，左轉鯉川筋，從高架橋下走過。時間已經將近深夜兩點，附近幾乎沒有行人。風吹在身上涼涼的很舒服。

從美利堅大道轉進元町一番街。當然拱頂商店街裡左右兩側的店家都拉下鐵門了，連一間正在營業的店都沒有。筆直的商店街安靜無聲，只有我的腳步聲清晰迴盪。我慢慢走過一番街，打算走到當年和小名重逢的海文堂書店前。

過了公園大道，正要進入三丁目時，忽然看到有個人走在前方。背影映入眼簾的瞬間，我就認出是誰了，走到她身邊，我說：

「妳在這裡做什麼？」

盡可能用不會嚇到她的音量。

岡副小姐馬上停下腳步，回頭看到是我，她就笑了。

「明天我休假不用上班，現在在這裡散步啊。」

她看起來一點也不驚訝。

「我啊，最喜歡一個人在無人的路上走了。」

岡副小姐這麼說。「我才想問你在這裡做什麼呢，寶念」之類的話，她一句也沒問。那種感覺很不可思議，好像她早知道我很快就會走過來一樣。

「可是，現在已經半夜兩點多了耶。」

聽了她的回應，我有點訝異。

「夜這麼深，一個年輕女人在這種人煙稀少的地方走動太危險了。」

我這麼一說，岡副小姐就呵呵笑了。看著我的臉「呵呵」地笑。然後，她這麼說：

「因爲我不怕，所以沒關係。」

「因爲不怕，所以沒關係？」

不太懂她的意思，我如此反問。於是她說：

「寶念啊，我很少對什麼感到恐懼，天生就是這樣。所以，就算在這種大半夜的，一個人走在無人的路上，我也一點都不怕。反而覺得很舒服呢。我知道這樣的女人很不可愛，但是沒辦法，我天生就是這樣。」

這時，我們正好走到海文堂前面。

「我還要再走一下。寶念明天要上班，你先回去啦。」

岡副小姐這麼說。我突然出現還叫住她，一定造成她的困擾了吧。

回家路上，我一直反覆低喃岡副小姐那句「因爲我不怕」。我不是很懂這句話到底是什麼意思，只是，有件事我終於明白了。

終於明白，決定和小名一起住之後，內心那片混亂的情感所爲何來。

沒錯，就是這樣。不是岡副小姐像小名，是小名像岡副小姐啊。而我眞正應該愛的人不是小名，一定是岡副小姐才對。這時我才發現這件事。應該說，在公司初見她的瞬間，我就已經發現了，只是一直故意忽略這個事實。這就是我這段時間內心充滿各種問號的緣故。

話是這麼說，現在我和岡副小姐的關係，還只是單純的職場同事。我還沒把自己的心意告訴她，也知道這不是輕易能讓人理解的事。關於她的事，我幾乎可說什麼都不知道，更別說她對我了。在她眼中，年紀比她小的我，或許連戀愛對象都談不上。也或許她已經有正式交往的男朋友了。

可是，我心裡只有她，沒有別人了。

我是在十天前發現這件事的。也曾想過說不定只是一時的意亂情迷，懷疑這麼想只會讓自己的腦袋更加混亂。但似乎不是這樣的。

所以，眞的非常抱歉，我無法和小名一起生活了。後天房子簽約的事也希望能取消。臨時才說這種話，我不知道該如何向小名妳道歉才好。自己都知道我現在說的話真的非常亂來。

但是，我只是碰觸到自己內心的真實了。不能再欺騙自己，繼續跟小名交往下去。那樣對妳來說也是非常不幸的事。

12.

結果，名香子一個人去簽下了那間位於灘區的大樓公寓。

一拿到鑰匙馬上搬家。幾天後，名香子請了假，去把寶念富太郎屋裡的東西全部搬進新家。她本來就有那個屋子的備份鑰匙，趁他上班時找來搬家公司，一下就把爲數不多的東西搬光了。

當天晚上，寶念打電話來。回到家裡看到所有東西都不見了的他，會聯絡名香子也是理所當然的事。他一定馬上察覺是名香子幹的好事了。

「我的東西去哪了？」

他用冷靜的語氣問。

「全部幫你搬到我們家囉。」

「我們家？」

他大概想都沒想過名香子會一個人租下那間房子。

「我們家就是我們家呀。」

這麼一說，寶念沉默了好一會兒。但是，之後他說出口的，既是預料之外的話語，也是足以將名香子擊垮的一句話。

「小名，妳今天做的事等於是偷竊，是貨眞價實的犯罪喔。給妳一個晚上時間思考，等一下我自己會去找飯店住。可是，明天之內，如果我的東西沒有完整回到家，到時候我只能去找警察商量了。」

他的聲音依然冷靜沉著。

與論及婚嫁的寶念這意想不到的分手，名符其實讓名香子的心碎成片片。不到一個月，她就退租了那間原本兩人一起決定要住的房子，重新在東灘區找了一間房子搬進去。寶念寄來一筆錢，算是要讓她當這段時間搬家的經費。但名香子連拆都沒拆開就退回去了。

是高中時代和大學時代的朋友，陪伴傷心的她度過這段時光。

分手半年後的一九九八年（平成十年），去找其中一位住在東京的朋友玩時，碰巧在她邀名香子一起參加的忘年會上認識了良治。

不同於初見面時的安靜，回神戶之後，良治對名香子展開熱烈追求。來神戶找了她好幾次，半年後就求婚了。

因爲父親工作的關係，名香子幼時住過東京，對東京印象很好。加上這時仍遲遲走不出與寶念的分手情傷，當良治向她求婚，說出希望今後一起在東京生活時，她的心意立刻傾向他。

那時寶念依然在三宮的分公司工作。聽說他和名香子分手不久，就和岡副吹雪正式交往了。

有這樣的寶念和岡副在的神戶，名香子一刻也不想多留。

13.

——和那時的情形很像。

很難不這麼想。那段過去，是她絲毫不願想起的記憶，結婚至今也沒有想起來過。可是，良治突然從飯店裡的中餐館離開，名香子自己開車回家，打電話給他，卻被他單方面掛斷的那一瞬間，與寶念富太郎分手時的記憶從腦中歷歷復甦，清楚得不能再更清楚。

——什麼嘛……以爲已經死去的記憶，原來還生龍活虎地活在大腦深處。

名香子這麼想。

她的記憶力本來就好得過人。母親貴和子也是。名香子從小學語言學得特別快，都要拜遺傳自貴和子的記憶力所賜。只是，什麼都記得住的能力固然可貴，但也有麻煩的地方。像現在這樣連不堪的往日回憶都忠實重現，只能說名香子那過人的記憶力也是罪魁禍首之一。

被良治單方面宣告分手，還能做出暫時觀望一段時間的想法，都是因爲有過去和寶念那段分手回憶使然。

當時，年輕的名香子選擇用強硬的手段對應，反而失去寶念對她的信任。

這次良治的事也一樣。毫無疑問，錯的是他。但是，要讓已經變心的對方回心轉意，或許需要一定程度的技巧。寶念那次自己不假思索就用了蠻力解決，結果只是逼得對方態度更加決絕罷了。

「妳這就跟把罹患熱病的人丟進結冰的湖裡一樣，完全只會收到反效果。假設他說的是真的，那寶念根本就還沒跟那位前輩交往。既然如此，名香子妳應該先退一步，仔細觀察他的態度才對。」

和寶念見過幾次的高中好友之一，在聽說了名香子採取的行動後，露出半是傻眼的表情這麼說。

結果，名香子跟寶念分手後，她又說了這樣的話：

「我是覺得，名香子妳有時就是太快想開了啦。寶念的事也是，人要變心是無法阻止的事，一旦變了心就不可能回心轉意。我在想，妳大概一開始就察覺這點，果斷放棄了吧。想說既然如此，乾脆趕快做個了斷，才會立刻決定使出那種強硬手段。換句話說啊，聽到寶念坦承變心的瞬間，名香子妳也已經對他失去耐性了。」

這番話一方面安慰了名香子，一方面也傷了她的心。

與此同時，她想起寶念說的兩句話。一句是轉述岡副吹雪說的那句「因爲我不怕，所以沒關係」。

另一句是寶念自己說的：

「不是岡副小姐像小名，是小名像岡副小姐啊」。

只是這次的事，和寶念那時有決定性的差異。

寶念的背叛，確實是惡劣至極的行爲，但是他既沒有觸犯法律，所作所爲也不算違反社會倫常。然而，良治對名香子做出的行爲，不但違反婚姻這個法定契約，在倫理上更應受到強烈譴責。要是他以爲用這種單方面又不合情理的方式就能毀棄婚姻，那未免太偏離常識了。最後甚至——

「如果可以的話，我希望離婚，但這只是我的一廂情願罷了，要是名香說不可能離婚，那我也會先放棄。」

連這種不負責任的話都說了，還反手補上一刀「只是，過一段時間之後，我還是會寄離婚協議書給妳」。

輕蔑妻子到這個地步，那種態度到底從何而來？

14.

那天良治說完「那就這樣，我現在要去店裡了」便不由分說掛斷電話。一星期過了，十天也過了，他完全沒有再聯絡。

既沒有要求名香子把他留在家中的私人物品寄過去，也沒有寄離婚協議書來。連他到底住院治療了沒，關於今後治療的日期等都完全沒有通知。當然，沒有一通電話，連 LINE 訊息都沒有傳。

名香子則是貫徹沉默。

默默完成工作，不跟誰見面也不找人商量，只是一天過一天。

採取行動的，不管怎樣都只能是良治。無論自己這邊做何反應，狀況都會往下進展。良治的動作↓名香子的動作↓良治再做出動作……一連串的動作，只會讓狀況演變下去，而名香子不知道讓狀況動起來究竟是好是壞。

儘管良治離家出走了，名香子的生活並未有太大改變。工作一如往常，每天一樣要吃飯、做家事。

既然如此，在良治那邊採取什麼新行動之前，自己就裝作沒事的樣子放著不管，或許也是一個辦法。

當作他去了一個電話和 LINE 都不通的地方長期出差就好。

總覺得乾脆這樣豁出去，用這種方式應對也行得通。

現在受到考驗的，並非最近與良治之間的關係。丈夫現在做出的，是拋棄家庭，去了另一個女人身邊這種事。他丟到名香子眼前的，是對這二十二年夫妻關係的質疑，說得更嚴重一點，是拒絕。

二十二年的夫妻關係，真的是能這麼輕易推翻的東西嗎——名香子認為那不是良治或自己能做出的審判。

過去寶念富太郎推翻的，只不過是不到兩年，而且是只有共度週末，連婚姻這個形式都沒有，熱情燃燒得快也冷卻得快，既幼稚又不確定的關係。相較之下，和良治的二十二年歲月，無論厚度或重量，應該都與那有著本質上的差異。

這次，受到考驗的是二十二年婚姻生活本身。

既然如此，對自己和良治而言，今後這「二十二年」將在自己身上發揮何種作用，只有靜靜等待才知道了吧。

15.

十月一日星期四，眞理惠回家了。

去年春天，她順利考上第一志願的早稻田大學創造理工學部建築學科，四月開始搬到位於高田馬場的公寓小套房，展開一個人的生活。

前一天晚上眞理惠打電話來，問能不能回家拿行李箱，名香子說好。三月新冠病毒疫情散播之後，眞理惠就很少回家。卽使像這次這樣回家拿東西，一定全程戴著口罩，只停留兩、三小時就打道回府。這一切都是顧慮到母親的肺不好。

「拿行李箱？妳要去哪旅行嗎？」

大學校園依然沒有開放，課都改爲線上進行。她隸屬的現代舞社團也停止活動──這是一個多月前眞理惠回家時說的。

如果要去旅行，又是跟誰去呢。

「一起跳舞的其中一個朋友，她家在輕井澤有別墅，我們幾個人要一起去那邊住一星期，順便練舞。」

眞理惠高中開始學當代舞，成績還很不錯。高中二年級時以舞蹈社成員的身分參加全國大賽，拿下了特別獎。也因爲有這段經歷，一進大學就被拉進現代舞社了。

「是喔，幾個人要去？」

身為母親，名香子盡可能不落痕跡打探。

「目前總共四個，當然只有女生喔。也會做好充分防疫措施的，妳別擔心。」

眞理惠很快察覺母親的意圖，拉起了防線。做母親的也只好把女兒說的話照單全收。

「那明天妳回家過夜吧，好久沒在家吃飯了，煮一頓好吃的給妳吃。」

「可以嗎？雖然我幾乎可以肯定沒有確診就是了。」

「當然啊，媽媽也一直很注意，別擔心。偶爾一起吃個飯吧。」

「謝謝媽。」

眞理惠要回家的話，勢必得把良治的事好好告訴她。畢竟她也是家庭成員之一，再怎麼說是夫妻之間的問題，也沒道理隱瞞女兒。

當天晚上，名香子煮了眞理惠最愛的壽喜燒，還親手作了優格布丁當甜點。

把鍋子和餐具收拾回廚房，確定女兒完全放鬆心情了，名香子才開口：

「其實，差不多半個月前，爸爸留了這封信給我就離家出走了喔。」

說著，名香子從口袋裡拿出白色信封，抽出裡面的信紙打開，遞給眞理惠。口說無憑，讓證據說明一切。

眞理惠一臉莫名地接過那張信紙。吃飯前名香子只告訴她「爸爸今天工作好像會拖比較晚」。

很快讀完信的內容，手上還拿著信紙，眞理惠朝名香子轉頭。

「你爸爸說，他和信裡寫的那個香月雛大約一年前開始交往，今後他要跟那個人一起生活，所以離開這個家。裡面提到的如雨露，應該是她開的店。」

聽到名香子這麼說，眞理惠顯得很錯愕。

「然後爸眞的就離家出走了嗎？」

「對，信上的日期是十七日，就是那天離開的，之後一次也沒回來過，也完全沒跟我聯絡。」

「欸——」

把信紙放到桌上，眞理惠高舉雙手放在頭頂。這是她從小到大的習慣，只要遇到困惑或驚訝的事，就會做出這個動作。

「什麼跟什麼啊。」

然後，她重新拿起那封信，又仔細讀了一次。

「這麼多年來，承蒙妳照顧了。眞的非常感謝妳……」

小小聲的，只讀出這個部分。

「這就是那個意思嗎？」

她又望向名香子的臉。

「好像是。」

「騙人的吧……」

看到女兒困惑的表情，名香子猶豫了一瞬，不知道該不該告訴她。不過，最後還是決定說出來。

「其實啊，那天中午，我跟妳爸一起去了癌症中心。因爲妳爸之前懷疑得了肺癌，月初去那裡做了詳細檢查，那天我們兩個是一起去聽結果報告的。」

「那天就是……這天？」

眞理惠指著信上的日期。

「對，十七號。結果證實他得了肺癌。話是這麼說，因爲發現得早，醫生說只要動手術就能治好。然後，離開醫院回家的路上，我們去了常去的飯店，在敦龍吃午餐。結果啊，才剛吃完飯，妳爸他就拿出這個給我，說他愛信裡那個女人比愛我多出好幾倍，所以決定要跟她一起過日子。他說他早就下定決心，一檢查出肺癌就要這麼做。」

眞理惠再次把雙手放在頭頂。

「什麼跟什麼啊。」

說了跟剛才一樣的話。

都說女兒像爸爸，德山家也是如此。真理惠和良治很像。除了清秀的五官和身高，連頭腦都很像。她從讀小學就擅長數理，國中時已經立定成爲建築師的志向。良治也極爲疼愛這個跟自己相像的女兒，只要是真理惠的要求，幾乎沒有不答應的。看在名香子這個母親眼中，她也是個相當黏爸爸的女兒。

不過，真理惠和名香子的關係當然也不壞。

這麼想起來，那時良治還說過這樣的話。

「她去年上了大學，今後一定會腳踏實地建立自己的人生」。

這話聽起來莫名冷淡，簡直就像在說「我已經不掛念真理惠了」。連那麼疼愛的女兒都這樣對待，這不像良治會做的事，簡直就像變成另外一個人了。

——那個人究竟是怎麼了？

名香子再次這麼想。

「眞傷腦筋……」

眞理惠嘟噥著。

「抱歉喔，突然跟妳說這種事。」

「爸爸竟然得了肺癌……」

離家出走的事雖然也是，但良治得肺癌的事更嚇到她了吧。說起來，這也是理所當然的反應。

「那爸爸什麼時候動手術？」

重新振作精神，眞理惠問。

「十七日確定的，現在正好過了半個月。照理說，應該馬上動手術才對吧？」

「我連這也不知道啊。只知道他預計上星期住院確定治療方針，但是後來到底怎樣了，他都沒跟我說。」

「媽媽自己也沒主動聯絡嗎？」

「我怎麼能這麼做呢？」

「爲什麼不能？」

「因爲……他可是去了別的女人身邊哪。」

「那眞的是確定的事實嗎？媽媽去過那間叫如雨露的店了嗎？跟那個叫香月雛的人當面談過了？」

「怎麼可能。再怎麼樣也不可能做這種事。」

「爲什麼？」

「因爲……妳爸爸自己說他之後會跟那女人一起進行治療啊。」

「什麼跟什麼啊。」

眞理惠的表情愈來愈難看，語氣也愈發尖銳。

「那這意思是說，媽媽妳這半個月來什麼事都沒做？沒跟爸爸聯絡，也沒去這封信裡寫的店，沒跟那個女人談過？」

「有什麼辦法，妳爸自己什麼都不來跟我說啊。」
眞理惠似乎一時爲之語塞。身體挺得直直的，隔著桌子朝名香子探身。
「媽媽……」
她的聲音變得很平靜。
「事情變成這樣，我能理解媽媽一定很受傷，也一定很火大。可是，爸爸他可是罹患了肺癌耶？就算是發現得早，那還是事關性命的病喔。得了這種病的爸爸現在怎麼了，有沒有好好接受手術，還是已經開完刀了，這才是現在最重要的事吧？既然如此，妳至少應該確認他治療得怎麼樣了才對。更重要的是，我認爲媽媽應該找上門去，把爸爸帶回來。要是我的話，我絕對會這麼做。怎能讓那種女人擅自把爸爸帶走。還有，第一要務就是讓他好好接受肺癌的治療。妳剛說的癌症中心，是那間新的都立癌症中心對吧？如果是在那裡看診的話，最好也在那裡開刀不是嗎？可是，看爸爸現在的地址是足利區的千住。離家出走的爸爸今後能不能繼續在都立癌症中心治療都很難說。說不定他打算轉到其他醫院，這些事妳都應該確認清楚，確定爸爸是否接受最適當的治療才對吧。」

眞理惠說的話條理分明。

不愧是數理高手。名香子聽著女兒的話，心裡還有點佩服。

「我說，媽媽。」

聽她的口吻，簡直就像在對自己諄諄教誨。

「要是媽媽不想去，明天我去那間叫如雨露的店看看。爸爸和那個香月雛都在店裡對吧？」

「可是妳後天不是要去輕井澤？」

「媽媽……」

眞理惠的聲音也不耐煩了起來。

「妳怎麼還在說這種無關緊要的話？事情變成這樣，我哪還是去輕井澤的時候？這是德山家的緊急事態耶。媽媽也不想因爲這種事跟爸爸分開吧？爸爸他一定是因爲得了肺癌，嚇得頭腦都壞掉了啦。一時意亂情迷，暈頭轉向地跑去別的女人那裡，只是這樣而已。別的不說，爸爸一直都最愛媽媽了啊。爸爸不可能這麼簡單就跟媽媽分開的。」

就算眞理惠這麼激勵自己，總覺得有另一個心情不爲所動的自己。名香子感到極爲冷靜。

只是，眞理惠那句「爸爸一直都最愛媽媽」倒是深深刺中她的心。

「那個人他眞的愛我嗎？」

不經意地，這麼喃喃自語。

「當然啊。這種話由我來說也很那個，但是媽媽妳現在還是很漂亮，不管怎麼說，我覺得爸爸迷戀妳迷戀到不行喔。連身爲女兒的我來看都毫不懷疑。」

「……………」

可是，那個「迷戀妳迷戀到不行」的良治說得很清楚呢。
「但我遇見了她，愛她的情感比愛妳多出好幾倍」。
他確實這麼說了，這是無可扭轉的事實。
「噯、媽媽，妳有在聽我說話嗎？」
被眞理惠這麼一喊，名香子才回過神來，望向女兒的臉。怎麼看都跟良治很像。
「我明天會去那間如雨露看看，妳別擔心，我會好好把爸爸帶回來的。」
大概覺得這個母親太沒用了吧，她再度這麼提議。
名香子這才終於振作起心情來。再怎麼樣也不能讓女兒槓上丈夫的情婦。
「讓我考慮一個晚上。」
她這麼說。
「眞理說的確實有道理，今晚讓媽媽好好想一想，想清楚今後到底該怎麼辦。」

接著，又用安撫的口吻這麼補上一句。

16.

隔天，名香子對坐在餐桌邊吃早餐的眞理惠說：

「我看還是我去帶爸爸回來吧。眞理說得沒錯，最重要的是治好爸爸的病。被妳提醒我才驚覺這件事。媽媽會振作起來的，眞理不要太擔心。需要妳的時候，我也不會客氣，一定會跟妳求助。所以，妳就按照計畫去輕井澤吧。爸爸的事有什麼進展，我都會一一通知妳。」

名香子這麼說。

「要去就要早點去喔，媽媽。」

眞理惠一方面看似鬆了一口氣，一方面嘴上還是不忘督促。

「我知道。」

名香子確實考慮在幾天內啟程去千住富士見町。

在昨晚吃剩的壽喜燒裡加了烏龍麵再打顆蛋，作成壽喜烏龍麵當早餐。這也是眞理惠愛吃的東西。

眞理惠吃得一臉津津有味。

不知道昨晚的事，她自己是怎麼消化的。不過，如果只看今天早上的表情，她應該睡得還不錯。話雖如此，她本來就是那種遇到煩惱時需要增加睡眠時間的類型。這一點也和良治很像。名香子自己則是一開始煩惱就會睡不著。老實說，這半個月來都沒怎麼睡好。

吃完早餐，又一起吃了蘋果。每年一到這時期，住在栃木的婆婆就會寄來大量蘋果。三天前收到時，名香子看著滿滿一大箱的漂亮蘋果嘆氣。

「爸爸最喜歡這個蘋果了，可惜吃不到。」
啃著香甜的喬納金蘋果，真理惠咕噥著說。
收到蘋果當天，名香子就拍照傳 LINE 給婆婆道謝了。
「那個啊，媽媽。」
把手上的叉子放回盤子上，眞理惠說。
「關於爸爸的事……」
她看著名香子，顯得有些欲言又止。
「什麼？」
「妳聽了不要不高興喔，我在想，原因會不會跟咪可有關？」
「原因？咪可？」
名香子完全聽不懂眞理惠想說什麼。
「就是說，爸爸離家出走的原因啊。我昨晚一直在想，說不定是因爲這樣。」

「爲什麼妳爸非爲了咪可的事離家出走不可呢？」

名香子還是聽不懂這兩件事有什麼關係。

那已經是三年多前的事了，就連名香子也已經不太常想起咪可。

咪可一定被別人撿走，在新飼主身邊過著幸福的日子——現在她每天都這麼堅信。

「因爲爸爸一直很痛苦。」

眞理惠說。

「妳爸爸他？」

完全沒想到眞理惠會這麼說。三年前的七月底咪可失蹤後，良治確實沮喪了好一陣子。可是，那頂多也只是幾個月的事。一年過後，他根本就很少再提起咪可了。

「對啊，他有時會不經意脫口而出，說自己受媽媽責備，感覺在家裡無地自容。」

「什麼時候？」

「最近都還有這樣說喔。」

「最近是什麼時候？」

「說是說最近，算算也是疫情前的事了啦。」

「不會吧，應該說怎麼可能。這三年來妳爸爸他一次也沒因爲咪可的事跟我說過什麼。」

「那當然啊，有些事或許說不出口……」

眞理惠說得不乾不脆。

「可是媽媽，妳是不是沒有打從心底原諒爸爸？」

不只如此，之後她又這麼說了驚人的話。

「沒有原諒？妳說我沒有原諒妳爸爸？」

眞理惠尷尬地點點頭。

「順便再說一句，連我也因爲那場意外的關係，有點被妳怨恨了吧？」

帶著窺探的表情，眞理惠說出更令人意想不到的話。

「什麼意思？」

名香子張大的嘴闔不起來。

這孩子沒頭沒腦的說什麼啊。

「爲什麼媽媽會因爲咪可的事怨恨眞理啊？再說那時候眞理妳根本就不在家啊。」

名香子心愛的貓咪「咪可」從家裡不見，是三年前，二〇一七年（平成二十九年）七月三十日星期天的事。當時高二的眞理惠去山中湖參加舞蹈社的集訓宿營，名香子則在父親過世六週年的前一天回明石，準備辦法事。家裡只有良治一個人看家。

手機接到良治聯絡，說咪可不見了，是結束菩提寺裡的七回忌法事，和母親兩人回到明石老家，洗完澡正在喘口氣的時候。時間大概是晚上十點多。

「咪可沒回家。」

接起電話，良治劈頭就用緊張的聲音這麼說。

「沒回家？」

光是這句話，名香子就聽得一頭霧水了。

「她好像傍晚的時候跑出去了。」

「跑出去了？」

咪可是完全養在室內的貓，從帶回家到現在，連一次也沒放出去外面過。

「跑出去是什麼意思？」

這時名香子的心已經像掉進冰水裡。來到家裡之後從來不曾出去外面的咪可不但跑出去了，而且還沒有回來。這是不可能，也不應該發生的事。

「我想是趁我在二樓的時候吧。一樓的紗窗破了。可是，從破掉的地方看來，不是從裡面弄破，感覺像是從外面抓破的。或許是每次來的那隻流浪貓。」

就連良治的聲音也微微顫抖起來。

這幾天，一隻體型頗大的流浪貓跑進院子好幾次。只要他一來，咪可就會充滿好奇地靠近窗邊。名香子一直很小心，絕對不把一樓的窗戶打開。平常放在院子裡給流浪貓吃的飼料碗，也特地放到跟窗戶相反側的庭院角落，就是爲了引開公貓的注意力。

這次要回明石前，更是一再對良治說明了那隻公貓的事，要他絕對不能把客廳面向庭院的窗子打開。

「爲什麼窗戶會打開呢？」

「其實我也不是很清楚。」

良治回答的語氣更困惑了。

「我上二樓前，應該有關好才對。」

不只名香子，良治和眞理惠都很疼愛咪可。搬到現在這個房子的第三年來到家裡的咪可，是全家人眼中的偶像明星。

「那良治哥在一樓的時候，咪可在哪裡？」

只有咪可在二樓睡覺時，一樓客廳附紗窗的窗戶才能打開，這是德山家的規矩。可是，紗窗對爪子銳利的貓來說是有跟沒有一樣的東西，所以也養成了開窗的時候，客廳門一定隨手關上的習慣。只是，良治偶爾會把客廳門打開來通風，關於這件事，名香子已經提醒他到嘴巴都瘦了。話雖如此，只要咪可在一樓，絕對不會有人去把客廳窗戶打開。

「我想應該在二樓。」

「應該是什麼意思？你沒確認過咪可在不在二樓嗎？」

事態的嚴重，使名香子不得不用逼問的語氣。

良治什麼都沒回答。

「然後呢?你幾點發現她不見的?」

沒辦法,只好換個方式問。

「還不到五點吧。」

剛才明明說傍晚的,現在又說不到五點,那時天色應該還很亮啊,離現在也已經超過五個小時了。

「我剛在家裡附近找過一圈了,到處都沒看見她。現在我一直開著客廳窗戶等她。可是,還沒有回來。」

從良治的聲音,聽得出他的無計可施。

「總之,你現在拿手電筒或什麼都好,再去附近徹底找一次。」

「在這裡等比較好吧?家裡沒有半個人的話,咪可也會感到不安。再說,我想她應該沒跑遠,等天亮了,她肚子餓了,一定就會回來了。」

良治說這番話的語氣，完全激怒了名香子。

「你到底在說什麼啊。那孩子已經多少年沒出去外面過，就算想回家，一定也不知道怎麼回啊！」

在她的氣勢震懾下，良治什麼話都沒有回應。

「總之，我會搭明天早上第一班新幹線回去。在那之前你給我努力找，我回到家前請絕對不要去上班。」

名香子只如此宣告後，就掛上了電話。

17.

「那時媽媽知道我因爲堀部學長的事，根本沒心情擔心咪可，妳不是很傻眼嗎？而且後來整整一年都對我好冷淡。」

眞理惠說。

「咪可不見我其實也很難過啊，只是不管怎麼找都找不到她，想說也沒辦法……」

堀部學長？

想了一下，名香子才搞懂眞理惠在說什麼。

眞理惠一上高中就跟大她一屆的一個叫堀部的學長交往。去山中湖參加集訓宿營時，得知他還有一個就讀別間學校的女朋友，眞理惠大受打擊。也因爲這件事，回家後聽說咪可失蹤時，她表現得一副心不在焉的樣子，讓名香子覺得很奇怪。有天就問她「眞理，集訓時發生了什麼事嗎？」一聽到這個，眞理惠才哭著把事情說出來。

聽到女兒那麼說時，名香子確實感到傻眼。

「那種男生跟咪可對妳來說到底哪個才重要？」

話。

雖然差點忍不住脫口而出，最後當然沒對正在失戀難過的女兒說出這種殘酷的話。

明明就應該是這樣才對，眞理惠居然說自己「後來一整年都對她很冷淡」，這是哪門子的道理？她是不是把自己沒認眞找咪可的罪惡感轉嫁到母親身上啦。

儘管是自己的女兒，名香子看著眞理惠，還是感到有些委屈。

「爸爸他也眞的覺得是自己的責任，一直很後悔做了那麼不應該的事。可是，我怎麼看都不覺得媽媽已經原諒爸爸了。我知道媽媽有多疼咪可，可是妳自己不也說了嗎。『應該是被別人撿去養了，所以才沒回來』。我也這麼相信喔。但妳一邊說這種話，自始至終還是在追究爸爸的責任，爸爸也會有點受不了吧。」

就算是眞理惠，這種話名香子實在不能再當耳邊風。

「那現在眞理的意思是，爸爸會離家出走，都是因爲我爲了咪可的事一直責怪他的關係？」

「我一開始不就先拜託妳聽了不要不高興嗎。我想說的不是那個意思，只是在說那個意外也可能是爸爸離家出走的原因之一。」

還不是一樣的意思。名香子心想。

「意外什麼的，又是什麼意思？妳覺得那是意外嗎？咪可會跑到外面去，明顯是妳爸爸的疏忽，這是無可動搖的事實吧？可是，就算這樣，媽媽這三年來絕對不會責怪過爸爸，也願意相信咪可現在仍健康地活在某個地方喔。只要咪可過得幸福，那就夠了，我也這樣說服自己。但那確實是妳爸的失誤，這就是事實，而我只是一直記得這個事實罷了。沒有什麼一直不肯原諒他，怎麼可能呢。更別說整整一年都對毫不相干的眞理很冷淡，那太誇張了。就連堀部學長的事情，在剛才眞理妳提起前，我根本完全不記得。」

名香子這麼說，極力壓抑情緒。

眞理惠用某種空洞的表情聽著名香子這番話。

她爲什麼要露出那種表情，名香子實在想不通。

之後，眞理惠甚至大大嘆了一口氣。

「媽媽。」

她用堅定的視線凝視名香子。

「什麼事情只要讓媽媽來說，對的人永遠都是妳。我認爲爸爸對這點眞的很忍耐了。所以，希望妳去接他的時候，至少可以說聲『咪可的事已經不怪你了』。要不然，爸爸都已經得肺癌還這樣，眞的太可憐了。」

名香子懷著錯愕的心情聽眞理惠這麼說，想起曾幾何時她的那句「以我們家的狀況來說，與其說是夫妻感情好，不如說是身爲丈夫的爸爸忍耐力異於常人吧」。

現在，這句話從名香子腦中冒出來。

——這孩子該不會把她父親得肺癌的事想成是我害的吧？

18.

開車送眞理惠到車站後，名香子沒有馬上回家，決定久違地繞去離車站五分鐘車程的蔦屋書店看看。

今天上午的課因爲學生臨時有事取消，離下午的課又還有一段時間。明天、星期六上午和下午分別都有課，要去找良治的話，最快只能星期天了。「如雨露」週日公休，除了良治信裡有寫，名香子也上網確認過。這麼一來，十月五日星期一在英語補習班的課得先請假，當天才能去千住富士見町。請假的事，只要現在就跟班主任佐伯先生報備的話，總會有辦法解決。講師們臨時請假時，慣例都是找代課老師。何況名香子很少請假，她總是在別人請假時出來救火。

現在要去的這間蔦屋書店屬於郊區大型店鋪，有個寬敞的停車場。店裡附設餐廳和星巴克，逛起來很方便，五年前開幕後，名香子就時常和良治或眞理惠一起來。新冠疫情擴散後還連一次都沒去過，不過，星巴克有個面向停車場的露台座位區，設置了好幾張桌子。

今天是個秋高氣爽的大好晴天，名香子判斷只是坐在哪裡喝咖啡的話，應該沒有太大問題。

久違地進了書店，看看最近出了哪些新書，然後去星巴克坐坐。買了大杯熱那堤，走向草地上露台區的座位。

時間是上午十點多，包括名香子在內，露台座位區上有三組客人。大家都跳過相鄰的桌子入座。室外吹著適度的風，幾乎沒有感染病毒的危險。名香子選了背對建築物最左邊的那張桌子，看著停車場裡自己開來的那輛白色 Lexus UX，在太陽下反射刺眼的光芒。

坐在椅子上，喝一口熱那堤，手上依然拿著杯子，身體靠上高高的椅背，仰望蔚藍的秋日天空。

用力深呼吸。

良治離家到今天已經過了十六天。半個月了。

他現在在做什麼呢。像眞理惠擔心的那樣，已經接受手術了嗎？眞理惠也說他可能轉到其他醫院了，會是這樣嗎？她說的沒錯，從足利區千住到那間都立癌症中心太不方便，可能只在那裡住院檢查，其他治療則轉移到都心其他醫院。重田醫師肯定會幫忙介紹跟癌症中心隸屬同一組織的其他醫院。

別說眞理惠，任何人知情之後，瞬間都該產生這類疑問，爲什麼在被眞理惠指出之前，名香子連想都沒想到過。

最重要的是，自己雖然想過要等良治回來，卻完全沒想過眞理惠說的「應該找上門去，把爸爸帶回來。要是我的話，我絕對會這麼做。怎能讓那種女人擅自把爸爸帶走」。

——難道我眞的有問題？

忽然這麼想。

「名香子妳有時就是太快想開了啦。寶念的事也是，人要變心是無法阻止的事，一旦變了心就不可能回心轉意。我在想，妳大概一開始就察覺這點，果斷放棄了吧。想說既然如此，乾脆趕快做個了斷，才會立刻決定使出那種強硬手段。換句話說啊，聽到寶念坦承變心的瞬間，名香子妳也已經對他失去耐性了」。

腦中浮現高中至今的好友越村奈奈說過的話。

眼睛看得見範圍內的天空全是一片蔚藍，連一絲淡淡的雲朵也看不見。

——話說回來，這杯那堤喝起來還是很好喝……

拿起手中的杯子，仰頭再喝一口。眼神再度望向天空。

和寶念富太郎分手後，吃東西都沒有味道了。不管吃什麼，都像在吃無味的果凍或寒天。這樣的情形持續半個月後，名香子去看了醫生，診斷出「心因性味覺障礙」。聽說人在遭到強烈壓力襲擊時，身體會消耗大量鋅元素，體內鋅不足會使舌頭感覺減弱，變得嚐不出食物的味道。

「妳最近有對什麼事感到強烈壓力嗎？」

醫生這麼問。

「我的未婚夫悔婚了。」

這麼一回答，醫生臉上就露出恍然大悟的表情。

「總之我先開補充鋅元素的藥物給妳，吃藥觀察看看。我想這樣味覺應該就能恢復才對。」

醫生這麼說。

開始吃鋅劑幾天後，味覺不可思議地恢復了，讓名香子感到很驚訝。

所以這次，從良治離家那天起，名香子盡可能要求自己好好吃飯。上網查過之後，知道牡蠣、鰻魚、牛肉、豬肉、堅果和綠茶富含鋅，她就盡量多吃一點這些食物。或許是這樣的努力有了回報。

——都被那樣對待了還要我失去味覺，開什麼玩笑。

也有這麼賭一口氣的意思。

到目前爲止，還看不出味覺障礙的跡象。

名香子坐直身體，看看頭頂的藍天，又看看眼前的光景。露台區不知什麼時候多了一桌客人，往店內望去，已經坐滿一半空間了。剛才買那堤時明明還很空。

客人們多半取下口罩，眼前的景色就像是理所當然的日常。

然而事實是，在這片明媚的景色中，存在著多達天文數字的新型冠狀病毒，正對容易掉以輕心的人們虎視眈眈。咖啡店裡的人們和露台區上談笑的男女之中，說不定有人體內已開始繁殖病毒。

只要吸進這些人呼出的飛沫，轉眼就會遭感染。

頭上那片蔚藍的天空之中，應該沒有新型冠狀病毒吧。這麼一想，就覺得眞是不可思議。

乍看之下像是一體，地面與空中卻是分屬不同世界。

證據就是，任何生命都無法活在空中。任何時候天空只是無言的低頭睥睨地面蠢動的生物。

聽說爲了是否該將蔓延的病毒稱爲生命，也引起了一番議論。假設病毒不是生命，那就和具有強烈毒性的毒氣或毒藥等於同樣的東西。現在人們常用的口罩可比防毒面具，每天不可或缺的洗手正是名符其實的消毒。

到處都被施放毒氣、灑滿毒液的世界——這麼一想像，不由得毛骨悚然。和過去福島第一核電廠發生爐心熔毀，導致放射性物質外洩一樣，喚起了人們的恐懼心理。

名香子忽然有個想法。

關於良治離家出走這件事，自己的態度之所以淡然到讓眞理惠看不下去，說不定和新型冠狀病毒的疫情擴散有關？

名香子得過自發性氣胸，比一般人更必須注意防疫。換句話說，感染新型冠狀病毒的可能性比一般人高，非提高警覺性不可。對這樣的名香子而言，良治離家出走的危機，相較之下或許沒那麼緊迫？

畢竟，良治的離家出走，並不至於對名香子的生命造成威脅。

即使程度些微，當每天活在生命面臨危機的情形下，不管丈夫是有了情婦，還是離家出走，甚至夫妻離婚，或許都無所謂了……

某種看開了什麼的豁達，已在自己心中扎根了嗎？

想到這裡。

「什麼嘛。」

名香子輕聲嘀咕。

——要這麼說的話，良治更是啊。

儘管發現得早，終究是被宣告得了肺癌，他一定也感受到生命受了威脅。這麼一想，無論是拋棄結縭多年的妻子，奔向僅一年前才喜歡上的對象身邊，還是辭去公司的工作，這些說起來任性自私的行爲，如果是出自「想做什麼就去做吧」的頓悟，似乎也沒什麼好奇怪的了？

19.

撿到小貓是小學二年級時的事。

那時名香子住在東京，父親公司位於杉並區荻窪的員工宿舍。父親望月久慈男是一間知名保險公司的員工。

放學回家路上，一定會經過一座小公園。十月中的某一天，名香子放學後獨自回家時，聽見遊樂設施的格子鐵架另一頭草叢裡，傳出了貓叫聲。

因爲從來沒在公園裡看過貓，名香子感到奇怪，就走向草叢查看。這附近是聚集了獨棟平房、木造公寓和大樓公寓的典型住宅區，當然常有流浪貓或人家放養在外的貓出沒。對名香子來說，貓不是什麼稀奇的東西。

貓的聽覺靈敏，再怎麼小心翼翼靠近也不可能不被發現。一般的貓早就衝出來跑掉了，這隻貓卻只是一直叫個不停。名香子都已經一腳踏進草叢了，那隻貓還在叫。

撥開雜草往前走，找到叫聲的來源。

一隻有著白與咖啡的雙色花斑瘦弱小貓蜷縮在那裡。

名香子湊過去看，牠也沒有起來的意思。

仔細一瞧，貓的左後腿滲出血，已經凝固變色的血，黏在大腿到腳踝一帶。

「沒事了喔，我來救你了，不要動喔。」

一邊對持續「咪嗚咪嗚」叫個不停的小貓說話，名香子一邊蹲下來。放下背上的書包，匆匆拿出裡面的教科書和鉛筆盒，把這些東西塞進裝體育服的布袋裡。接著，她脫下自己穿的藍色開襟針織衫，用這件衣服輕輕包住小貓抱起來。小貓瞬間繃緊了身體，但沒有從名香子的懷裡掙脫。

把包在針織衫裡的小貓放進書包，蓋子維持打開的狀態。因裝了體育服和教科書等東西而鼓脹的布袋留在草叢裡，名香子只將書包抱在胸前站起來，隨即飛快地跑回有媽媽在的家裡。

貴和子看到書包裡掙扎的小貓時，簡直嚇了一大跳。

「這孩子左後腿受傷了。」

聽名香子這麼一說，她立刻動手檢查，果斷地說：

「那我們得去醫院了呢。」

接著，拿起錢包和車鑰匙，穿上鞋子。

「去綠動物醫院吧。」

在那之前，望月家從來沒有養過動物。只是，名香子當時就讀的小學旁有間很大的「綠動物醫院」，貴和子也是知道的。

開家裡的車前往醫院時，名香子坐在後座，緊抱打開蓋子的書包。小貓不時發出微弱的叫聲。包在針織衫裡的身體蠕動，但似乎沒有要爬出書包的意思。

「這孩子是不是快死掉了啊？」

名香子這麼低喃。

「不是那樣的，名香子救了牠，牠現在正感到安心喔。」

貴和子說得言之鑿鑿。母親這句話有如一劑強心針，至今仍在名香子耳邊迴盪。

結果小貓住了五天的醫院。看到腿上的傷口，獸醫院的院長說：

「這傷看起來不像貓咪打架留下的，大概被烏鴉之類的動物襲擊了吧。雖然有流血，傷口不是太深，恢復之後，應該可以和原本一樣跑跑跳跳。」

聽到這句話，名香子忍不住哭了。

小貓就這樣成爲家裡的一份子。

名字叫「咪可」。

沒錯。咪可的名字，就是繼承自這隻第一代咪可。

不過，和第一代咪可很快就面臨了別離。

撿到咪可兩個月後的那年年底，母親貴和子突然呼吸困難，被救護車送到醫院。檢查結果判定是貓毛引起的過敏反應。由於貴和子的症狀是嚴重到會危急生命的程度，醫生嚴厲警告，今後絕對不能和貓住在一起。

在貴和子住院期間，咪可被帶去「綠動物醫院」，一方面請醫院幫忙照顧，一方面尋找新的收養家庭。得知要與咪可分開時，名香子失魂落魄。可是，「繼續和貓住在一起，媽媽又會呼吸困難喔」，在父親這樣的說服之下，也只能接受這個事實。

被收養前，名香子每天都去動物醫院探望關在籠子裡的咪可。

分開那天，是一九八一年（昭和五十六年）十二月二十日，星期天。

那天下午，新的收養家庭會來接咪可，所以名香子和父親久慈男上午去醫院和咪可道別。護理師從籠子裡抓出咪可，讓名香子抱抱她。沒想到，之後咪可一直攀在名香子身上，激烈抗拒再次關進籠子。

「咪可一定也知道今天就要分開了呢。」

護理師這麼說，名香子噙著眼淚，硬是把咪可放回籠子裡。

回家的車上，名香子痛哭了一場。至今還記得當時久慈男把車停在路肩，默默等她哭完的樣子。

「抱歉啊，名香子。妳不要怨恨媽媽喔。」

久慈男為難的聲音，也還清楚留在記憶中。

20.

那之後經過三十一年的歲月，到了二〇一二年十月。

院子裡跑進了一隻小貓，這是搬來這棟房子兩年多時的事，父親久慈男也已在前一年春天過世了。

小貓和咪可一樣，是白色與咖啡色的雙色花斑貓。身體還很小又瘦弱，正好跟被人收養時的咪可差不多大。名香子想，應該是出生半年左右的小貓吧。跑來院子裡的只有這隻小貓，沒看到母貓或其他兄弟姊妹。

名香子很快地在院子裡設置了飼料架，放上飼料。

起初十天，只要發現名香子隔著窗戶窺看，小貓就連飼料和水碗都不靠近。無可奈何之下，名香子只好放棄，暫時離開窗邊。幾小時後再回去一看，不知何時飼料吃得一乾二淨，水也減少了。

慢慢地，即使隔著窗戶窺看，小貓也不介意，繼續吃著飼料。話雖如此，就算只是把窗戶拉開一條縫，牠立刻就跑得無影無蹤。這樣的情形持續了十天左右。再來，就算名香子打開窗戶，小貓也願意靠近飼料架了。

過了一個月，名香子發現自己走進院子補充飼料或換水時，背後感覺得到貓的氣息。小貓從庭院角落盯著名香子觀察，只要名香子坐在簷廊上，和飼料架保持一定距離，小貓就會慢慢走向裝滿飼料的碗。

名香子每天固定時間加飼料和換水，等待小貓的到來。看著小貓津津有味的吃飯，爲名香子帶來無上的喜悅。只要名香子身體稍微一動，小貓就會立刻放棄食物跑掉。所以，她在小貓用餐時總是動也不動，只用視線凝視小貓。

開始餵食小貓一個半月後的十二月六日，星期四。

當名香子一如往常走下庭院，把裝滿飼料的碗放上飼料架，拿起水碗正打算去換乾淨的水時，背後傳來細細的「咪嗚」聲。驚訝地轉頭一看，小貓已經來到自己背後。

近距離看一眼，立刻看出小貓和咪可一樣是母貓。這意外的發展令名香子心跳加速，端著水碗急忙離開飼料架。爲了不打擾小貓用餐，和平常一樣坐在簷廊上。小貓立刻把臉伸進飼料碗裡吃起來，隨即又抬頭望向名香子。這是小貓第一次做出這樣的舉動。這時，名香子才發現水碗還在自己手上。她是不是想喝水呢？擔心刺激小貓，名香子安靜起身，裝好乾淨的水再端著碗走進院子。將水碗放在飼料碗旁時，小貓也沒有跑掉，只是一直注視著名香子。

「水來了喔。」

今天很冷，名香子特地裝了溫水。

「喝了身子會暖一點唷。」

然而，貓看也不看水或飼料一眼，繼續抬頭仰望名香子。

接著，她又發出細細的一聲「咪嗚」。

仔細端詳她的臉，雙眼似乎有點腫。這麼細細觀察，也發現小貓似乎不像平常那麼有活力。

該不會是感冒了吧。

所以沒有食慾？

「咪——」

小貓又叫了。

名香子很快地動著腦筋。

要是生病的話，得帶她去醫院才行。可是，萬一試圖抓她卻失敗，小貓可能再也不會來到這個家……

退後幾步，名香子慢慢蹲下，小貓依然站在原地不動。等到彼此視線幾乎等高時，名香子大大張開雙臂。

「過來。」

試著這麼說。

小貓歪著頭，凝視名香子好半晌。

「咪——」

再度叫了一聲，跑進名香子懷中。

雙手碰觸粗糙蓬亂的貓毛，才發現小貓的身體比外表看起來更瘦，清楚摸得到骨頭。

名香子輕輕抱住小貓站起來。

「咪可。」

這麼叫她。

「妳終於回來了。」

輕聲低喃。

一起進入屋內，名香子找了個空紙箱，在裡面鋪上厚厚一層毛巾，把咪可放進去。她只是「咪咪」叫著，乖乖進入紙箱。

隔天下午的課一上完，就帶咪可去醫院。

醫生說她得了貓流感，腸胃也有點不適。

「不過，應該沒有其他問題了喔。只要讓她待在溫暖的地方，吃好吃的東西，很快就會恢復活力的。」

這麼說著，醫生開了感冒藥和整腸劑。

一如醫生的診斷，來家裡一星期後，咪可果真恢復了活力，和原本病懨懨的樣子完全不一樣了。食慾旺盛，也睡得很香甜，一天一天成長。

良治不討厭小動物，小學六年級的真理惠更是打從知道貓跑進院子時就很開心。咪可也很黏良治和眞理惠。

話雖如此，名香子和咪可的關係更加特別。只要名香子在家，咪可整天都跟在她腳邊打轉，晚上也和名香子及良治睡在一起。天氣溫暖的時候，她會蜷在名香子腳邊睡，秋天到冬天則一定鑽進名香子懷裡入眠。偶爾良治硬把咪可拉過去他那邊，等他睡著了，咪可一定再跑回名香子這邊。

「咪可很精明呢。」

良治經常笑著這麼說。

失蹤時的咪可大約五歲。正是最活潑可愛的時期，光是和她在一起就很快樂。當時剛上高中的眞理惠慢慢開始脫離母親身邊，一天比一天更像個女人，看在名香子眼中有點刺眼。正因如此，咪可顯得更可愛了。她打從心底愛咪可。

失去咪可的感覺，就像孩子在車禍中喪生。

某天，丈夫開車載女兒外出，因爲丈夫沒抓好方向盤，導致車禍發生，只有女兒死亡——就像這樣的心情。

看著獨自倖存的丈夫的臉，失去女兒的妻子究竟會有什麼感受？

倒不是無法原諒讓咪可跑去外面的良治。所以必須說，眞理惠要自己告訴良治

「咪可的事已經不怪你了」，這要求並不合理。就算丈夫真的在車禍中獨自倖存，做妻子的也不可能要丈夫負起女兒死亡的責任。在親子、夫妻或兄弟姊妹等特殊的人際關係中，嚴禁這樣追究責任。這是名香子的想法。發生在夫妻或家庭之間的悲劇，只有全家人共同分攤那份悲傷，才有可能克服。一家人就是這麼回事。

可是同時，要妻子忘記丈夫害死女兒的事實，那又是無理的要求了。因爲事實作爲事實，只會深深烙印在彼此心中。

眞理惠的邏輯，打從一開始就混淆不淸。

都是因爲無法獲得名香子的原諒，心痛的良治才非得離家出走不可——會說出這種話，就證明眞理惠至今根本沒把咪可的失蹤看成一件嚴重的事。

「我知道媽媽有多疼咪可」。

那時，眞理惠輕易說出了這句話。

「妳在說什麼啊，失去咪可對我來說有多悲傷，妳根本一點也不懂。」

名香子甚至差點就要這麼反駁。

咪可的失蹤之所以深深傷害了名香子，是因爲本該等著自己走完的「我是這麼愛咪可」歷史，被迫無情中斷的緣故。

貓的一生很短暫。

在咪可短暫的一生中，自己始終都要陪伴在她身旁，最後讓她在自己懷中臨終——名香子曾在內心如此誓言。

就這層意義來說，愛貓愛犬其實有點像生了難以醫治重病的孩子。正因爲他們無法避免比自己先走一步的命運，自己才能對他們付出貫徹始終的愛。這一點跟健康的人類子女有決定性的不同。

名香子與咪可之間的「愛的歷史」，本來應該要能寫到最終章才對。

是良治愚蠢的失誤奪走了這寶貴的歷史，而名香子對這件事不甘心到了極點。

21.

十月五日星期一。

從家裡去「如雨露」有兩種方式。搭電車大概一小時，開車的話，走中央道和首都高則差不多要一個半小時。

猶豫了一下要選哪個方式，腦中浮現眞理惠說的「該去把爸爸帶回來」，於是決定開車。要把良治「帶回來」的話，比起電車當然是開車更好。看到去年才剛買的愛車，他多少也會產生一點思鄉之情吧。

再說，考慮到染疫的危險，最好還是避開市區的人潮和客滿的電車。

準時早上九點出發。

昨天一整天都是陰天，不過，氣象預報說今天過中午就會放晴。車開上中央道時，天空已比前一日蔚藍透明許多，只剩下遠方還看得到絲絲雲朵。這陣子天氣一直很好，成了徒有其名的秋天。今天最高氣溫甚至好像還會超過二十五度。

往東京的交通比想像中順暢。一路過了笹塚，導航上顯示的抵達時間還跟出發時預估的一樣，都是「十點十三分」。

這一年來，良治就像這樣，在這條路上每週來回兩三趟嗎？

把在家工作的日數增加也考慮進去的話，進公司的日子大多用來做這件事了嗎？這麼回想起來，他確實以避免染疫為由，增加了開車的次數。原來那都是為了去見情婦而找的藉口嗎……

想著這些，不由得喪氣起來。

老實說，名香子不認為去這麼一次，良治就會老實讓自己「帶回家」。這可是年過五十的男人拋棄家庭哪，要是妻子一找上門就乖乖回家的話，一開始就不會離家出走了。

總而言之。名香子說服自己。

無論今後自己和良治之間如何演變，還是得先去確認他肺癌治療的情形。不管怎麼說，他都是眞理惠在這世上無可取代的父親。

從堤通交流道下首都高速公路後，車子行駛在墨堤通上。橫越舊綾瀨川，往北千住車站方向前進。通過車站前的鐵軌，從北千住車站西口方向開出來。

在車站前複雜的巷弄裡開了五分鐘左右，很快就按照導航指示找到了「如雨露」。網站上寫著從車站西口出來徒步十分鐘，照這感覺，應該還要花上更多時間才對。

千住的市區一帶，由總站北千住東西兩側縱橫延伸的幾條商店街組成，無論何時來都很熱鬧。不過，「如雨露」所在的千住富士見町，則離站前鬧區有段距離。

實際上，這間店左右兩邊的鄰居都只是普通民宅。隔著一條狹長車道，對面是一棟五層樓高的舊公寓，後門對面則是一棟十五層樓高，屋齡較新的細長公寓。

「如雨露」就這麼默默開在與繁華無緣的住宅區一隅。

外觀和大一點的獨棟透天也沒太大差別。一樓設計爲店面，二樓應該是普通房子。看上去，就算說店主一家住在裡面也不奇怪。想起那天和良治通電話時他說「那就這樣，我現在要去店裡了」，這裡就是香月雛和良治生活起居的地方了吧。

把車停在店門口附近，名香子窺看店內的狀況。

雙開門的其中一扇門上，掛著蠟染的淺藍色門簾，留白未染的部分正好形成「富士見町 如雨露」字樣。門前放著一把老椅子，和一塊寫著「營業中」的舊木板。椅子前方還立著一塊黑板，上面寫的是「自家手工蛋糕搭配飲料 八百七十圓」。椅子右側則放有貼上菜單的立式招牌。

感覺雖然雜亂，整體而言倒是品味不俗。或許因爲從沒掛門簾的右側入口可一眼望見開放的店內，使用大量木材的純喫茶裝潢，給人一種古意盎然的感覺，一看就充滿昭和風情。

雖然無法看得很確切，整間店似乎相當寬敞，空間也頗有深度。

只看了一分鐘，名香子就發動引擎。要是停在這裡太久，良治走出店外一定馬上就會注意到這輛車。

沿著窄巷直直前進，想找尋臨時停車場。前進一百公尺左右，看見一處可停五輛車左右的小停車場。招牌上顯示早上八點到晚上九點的停車價位是「每十分鐘兩百圓」。十分鐘兩百，一小時就是一千兩百圓。雖說這裡隸屬東京二十三區內，還是令人吃驚的價位。名香子放棄這裡，打算找其他停車場。再往前開一百公尺左右，出現另一個小型停車場。這裡大概只能停三輛車，價位一樣是十分鐘兩百。

嘆口氣，名香子把車停進這個只能停三輛車的小停車場。

——不辭辛勞開車來這裡，竟然還得停這麼貴的停車場？

停兩小時的車就得花上兩千四百圓。加上來回的高速公路過路費和油錢，來一次的代價差不多是七千圓。換句話說，良治光是一年就用掉了將近七十萬圓的交通費和停車費。

下車往回走。已經快十點半了，路上幾乎沒有其他行人。畢竟上班上學的尖峰時段已過，像這樣單純的住宅區，人少也是理所當然的事。

只是，同爲住宅區，這裡和名香子住的那個城鎮氛圍卻是完全不同。

名香子住的地方，左鄰右舍都是差不多大小的房舍。相較之下，這裡看得到屋齡上看五十年的雙層平房，也有近年來連電視劇裡都罕見的砂漿建築公寓，放眼望去盡是些老舊的房子。話雖如此，這些房子之間不時又會忽然冒出全新的透天住宅。這些不時映入眼簾的新建房屋門前，卻隨意擺上好幾排看似歷史悠久的花盆植栽。電線杆也不是等間隔豎立的，電線密密麻麻，在屋頂與屋頂之間複雜交錯。

該怎麼形容好呢，簡直就像搭上時光機回到昭和時代。

堪稱整理狂人的良治怎麼能在這麼雜亂無章的城鎮生活，光是這點名香子就想不透。

走了五分鐘左右，來到如雨露的店門前。

入口備有酒精消毒水和面紙。

一旁貼著「如有發燒或身體不適，請避免入內。入店前請先用酒精消毒雙手」的告示。

消毒雙手後進入店內，一進去就看到一個大型冷藏蛋糕展示櫃。裡面放著五種蛋糕，都是已經切分好的整模蛋糕，放在圓形的盤子上。這應該就是外面招牌上寫的「自家手工蛋糕」了吧。每一種看上去都很美味。

蛋糕櫃右邊是一道細長的吧台座，總共有八張椅子。目前吧台座上一個人也沒有，櫃台裡也只有一個身穿白襯衫和黑背心的年輕男人。

「歡迎光臨。」

正在擦拭咖啡杯的他抬起頭招呼名香子。背後的架子上放著大量咖啡杯。根據網站上的說明，這些全都是伊萬里燒或有田燒陶器，總數超過五百個。一字排開，十分壯觀。

「裡面請。」

聽男人這麼一說，名香子便通過吧台座區往裡面走。左側空間相當寬敞，放了好幾張四人座的桌子，隔板後方靠牆壁的區域則是沙發區。

沙發區有兩組客人，四人座區只有一桌有人。

一位也很年輕的女店員，正在幫沙發區的客人點餐。她穿的是白襯衫和深藍色的半身圍裙。

環顧四周，除了這兩個年輕人，看不到其他像店內工作人員的人了。

名香子轉身走回吧台區。這才發現擺放杯子的架子旁，掛著一塊看似年代久遠，刻有「昭和五十七年創業」字樣的木牌。

「不好意思。」

對架子前正專注擦杯子的年輕男人開口。

「是！」

對方有點慌張，手上還拿著杯子就抬起頭。
「請問香月雛小姐在嗎？敝姓德山。」
男人打量了名香子好一會兒。
某種意義來說，這反應很奇妙。
他看起來像是對名香子的臉或德山這個姓有印象，感覺正在記憶裡搜尋什麼。
「您要找老闆的話，她在二樓辦公室。」
露出掌握了狀況的表情，年輕男人這麼說。
「二樓辦公室？」
「對，請先走出店外，從右邊那條小巷子繞到後面。那裡有一道有點陡的樓梯，上去可以看到一扇門，就是辦公室的入口了。」
從他說明的方式，名香子認爲事前應該有人告訴過他，會有個自稱「德山」的女人來訪。但也可能平日對員工的訓練就是不管誰來訪，都像這樣請對方到「二樓辦公室」吧。

「那麼，香月雛小姐現在人在二樓是嗎？」

指著天花板，名香子如此確認。

「對。」

他確定地點頭。

「謝謝你。」

說完，名香子走出店外。

站在店的正門外一看，右邊果然有條小巷子。

鑽出小巷繞到建築後方，正中央設置著一道鐵製階梯。從樓梯口抬頭看，看得見一扇木門，門上掛有門牌。

樓梯確實「有點陡」。不過梯面的寬度和長度都足夠，即使不抓扶手也能輕鬆走上樓。

沿著樓梯上到底，室外是個一坪多的空間，正面嵌著一扇厚實的門。藍色陶板製成的門牌，以黑墨鐫刻了「香月」兩字。

年輕店員說這裡是「辦公室」，香月是否也住在這裡呢？如果是的話，良治肯定也一起住在這了。

名香子站在門前，調整呼吸，振作心情。

用力按下門牌下方的門鈴。

清楚聽見門鈴聲響，再按一次。不久，門內傳來有人走過來的聲音。

「來了。」

在這一聲之後。

「請問是哪位？」

有個人這麼說。

「我叫德山名香子，是德山良治的太太。」

門鎖立刻打開，厚重的門扉在眼前靜靜開啟。

22.

「妳不知道嗎？」

香月雛露出不解的表情。

她將名香子帶進門後，一過玄關就是房間了。將近十五坪大小的寬敞木地板房間，中央擺著一張可容六到八人圍坐的大木桌和椅子，牆上掛著好幾張植物畫。室內的家具高度都不超過腰部，爲的是不要擋住這些畫和窗戶。話雖如此，除了角落的電腦桌和放著一個小電視的邊櫃外，幾乎整個房間都是靠牆訂製的櫃子，其中一半放滿書籍，剩下一半塞著雜七雜八的東西。

除了放有桌子的這個空間外，進門後左側還有另一個空間。名香子進來時瞄了一眼，知道那裡是廚房。甜甜的香氣正從廚房裡飄散出來。

「良治哥在嗎？」

隔著大桌子坐在香月雛斜對面的位子，名香子一開口就先問了這個。

香月雛的回答，便是那句「妳不知道嗎？」

眼前的香月雛，和自己想像的模樣相差甚遠。

當然，關於她的事，名香子原本知道的就只有她是良治高中同學，良治當學生會長時，她擔任副會長等良治寫在信裡的資訊，就算要想像也無從想像起。

只是，即使如此，眼前的香月雛仍與名香子腦中描繪的女人完全不同。

她有著一頭銀白色的頭髮。不是染的，完全就是白髮，只是在窗外日光照射下，閃著銀色的光澤。

還有，她個子非常高，幾乎和身高一百七十五公分的良治差不多了。換句話說，比名香子高了將近十五公分。

最令名香子吃驚的，是雛的身材極端清瘦。銀白長髮下的臉很小，顯得金屬框眼鏡後的細長眼睛特別大。

臉、脖子和從米色棉質上衣裡伸出的手都又細又白。

看第一眼時，總覺得好像誰。隔著桌子面對面坐下的瞬間，名香子立刻想起是誰了。

香月雛和克拉拉．聖史明很像。就是《阿爾卑斯山的少女》裡那個體弱多病的輪椅少女。正確來說，克拉拉老了之後，大概就長得像這樣。

自己都覺得這聯想未免太奇怪，但也正表示面前的香月雛散發的，就是這麼一股脫離現實的氣質。

名香子用疑惑的表情回應對方疑惑的表情。

「其實，德山今天動手術。」

她這麼說著，朝牆上時鐘瞥了一眼。

「正好就是現在，手術開始了。」

「手術，是指肺癌的手術嗎？」

名香子反問。怎麼也沒想到今天就是動手術的日子。

「德山果然沒聯絡妳啊……」

香月雛點點頭，嘴裡嘟囔著說：

「我明明有要他好好跟妳聯絡的啊。」

說著，一臉爲難的樣子。

「在哪間醫院呢？」

得知罹患肺癌，是上個月十七日的事。從那天算起，今天是第十九天。名香子不確定第十九天動手術算早還算晚。

「築地的癌症中心。我在那裡有熟識的醫生，是現在擔任副院長的人，就把德山介紹給他，安排在那裡的胸腔外科開刀。當然也跟原本看診的都立癌症中心報備過，病歷都有好好交接過來，請別擔心。」

香月雛以淡然的語氣回答。

「那麼，今天是良治哥自己一個人去開刀嗎？」

「既然名香子小姐人在這裡，那應該就是這樣了。」

雛這麼說著，嘴角浮現一抹微笑。

沒想到會從她口中聽到自己的名字，除此之外，她喊良治「德山」，這也有點不可思議。

「抱歉，我連茶都沒泡。」

雛忽然站起來，急急忙忙走進廚房。

單獨留下的名香子，再次環顧這個房間。牆上掛著許多裱框的植物畫。那不是印刷品，每一張都是貨眞價實的手繪圖。使用的顏料不是水彩也不是油彩，似乎是用壓克力顏料畫成。雖然欠缺優雅與震撼力，反而因爲這樣，特別能感受到宛如植物圖鑑插畫般的細密精巧。

名香子朝剛才雛看過的牆上掛鐘望去。

時鐘顯示現在時間是上午十點四十五分。她剛才說「正好就是現在」開始動手術，所以良治的手術應該是十點半開始的吧。

麻醉已經發揮作用，良治失去意識了嗎？

獨自一人進入手術室，內心一定有所不安。那時良治說，今後的治療香月雛會陪他一起做，還說關於這點「我跟她已經有共識了」。既然如此，爲何香月雛沒有陪在他身邊……

過了差不多五分鐘，香月雛端著形狀細長的托盤回來。

「久等了。」

說著，把托盤放在桌上。

甜甜的香氣一股腦湧上。托盤上放有兩個裝了大大蘋果派的盤子，還有附杯碟的兩個杯子、叉子及圓圓的紅茶壺。

「剛烤好的，要不要來一點？」

雛把裝有蘋果派的盤子、杯子和叉子各放一個在名香子面前，另一組則放在自己手邊。以優雅輕柔的動作端起紅茶壺，分別往杯中注入紅茶。瞬間飄起白色蒸氣與紅茶香。

「平常賣咖啡維生，自己在家時多半喝紅茶。還有，蘋果派絕對要配紅茶。」

雛這麼說，對名香子的反應毫不在意。

「我要開動囉。」

兀自雙手合掌這麼宣稱後，拿起叉子開始吃蘋果派。

「嗯——雖然是老王賣瓜，但烤得還眞棒。」

名香子傻傻看著這樣的她，無論紅茶還是蘋果派，當然都沒有伸手去碰。

「香月小姐，妳到底想怎樣？」

包括沒有陪良治動手術的事在內，名香子滿腹疑問。

「我到底想怎樣？」

雛這麼反問。

「妳跟良治哥到底是什麼關係？」

想起自己從頭到尾只聽過良治單方面的說法，名香子首次提出了質疑。香月雛稱良治「德山」這點，也始終讓名香子感到奇怪。

「我跟德山是在栃木讀高中時的同學，他當學生會長的時候，副會長是我。」

雛放下叉子，喝一口紅茶，然後這麼說。

「這個我已經知道了。」

「高中畢業後，德山和我都到東京大上學。他的學校在大岡山，我讀的是上野毛的美術大學，彼此租的公寓就在附近，所以來東京後也經常碰面，一起吃飯什麼的。大學時代只是普通朋友，是到他上研究所，我開始在都立高校當美術老師時，我們才正式展開交往。當時兩人都已經二十好幾了，講好等他進現在的公司就結婚。結果，最後因為我的關係婚事告吹。隔年德山就去了美國，在研究室裡工作，我則辭掉高中教職，來叔叔開的這間店幫忙。那之後和德山連一次也沒聯絡過，直到去年九月，我開的畫畫教室學生作品舉辦聯展，地點正好在你們家附近的百貨公司，才與碰巧路過的德山睽違二十七年重逢。之後恢復往來，以結果來說，就成了現在妳看到的這樣。」

說到這裡，香月雛又喝了一口紅茶。

「給名香子小姐添了麻煩，我真的覺得很抱歉，對不起喔，請見諒。」

說著，她微微低下頭。

名香子默默打量香月雛。既然是良治高中同學，今年應該同為五十四歲，然而，一頭白髮使她看上去比這年紀更蒼老。

完全沒聽說她年輕時跟良治訂過婚的事。一來名香子從未打探良治婚前跟哪些女人交往過，再者，良治自己也壓根沒提過任何和雛之間的過往。

「不過，請妳不要誤會喔。我現在和德山之間什麼都沒有。上個月十七號他忽然跑來，說自己離家出走，沒地方去，只好暫且讓他住在我家。就只是這樣而已。簡單來說，他只是寄住的房客。」

香月雛抬起頭，說出令人意想不到的話。

「寄住？這是什麼意思？」

名香子抓不住雛話中的意思，緊盯著那張小小的臉。

「不管我怎麼說，德山都不願意回家。不得已只好讓他住下來，名符其實的寄住。」

雛的表情和語氣依然是那麼淡漠。

「蘋果派，再不吃要涼掉了喔。請吃吧。」

說著，把盤子推向名香子。

剛出爐的甜美香氣刺激鼻腔，名香子這才想起自己從早上到現在還什麼都沒吃。

默默抓起叉子，戳進蘋果派。派皮淸脆的聲音誘人食慾。切下一大塊，無言放入口中咀嚼。入口卽化的蘋果甜香在嘴裡擴散開來，酸度適中的絕妙美味。樓下蛋糕櫃裡那些手工蛋糕，大概也是雛在這裡烤出來的吧。

「我啊，還以爲名香子小姐會更早來呢。」

雛一邊再叉起一塊蘋果派，一邊這麼說。

「可是妳沒有來，我又希望德山可以去築地看診，就帶他去找副院長商量，在那邊重新接受了檢查。診斷結果和都立癌症中心一樣，都說是早期肺癌，現在還沒有轉移能力，愈快切除愈好。於是，緊急找來胸腔外科的醫生，安排了今天的手術。要是術後恢復良好，聽說三、四天就可以出院了。我也得過兩次癌症，築地癌症中心的副院長滿島醫生，是我二十幾歲得子宮癌時的主治醫生。當時子宮全摘除，病也治好了，沒想到五年前又得了乳癌。這次也受滿島醫生很大的照顧，所以說起來，我跟滿島醫生都認識將近三十年了。」

雛說得一副理所當然的樣子，名香子卻爲她得過子宮癌和乳癌的事震驚不已。

「就是這樣。雖然不到同病相憐的地步，我只是想，至少在德山恢復健康之前，讓他住在我家也沒關係……我沒結過婚，不是很清楚這種事，不過夫妻之間想必有各種狀況，若是德山堅持他不回家，想在我家住下去的話，一方面看在過去的情份，一方面總不能把罹患肺癌的他趕出去，只好暫且接受了。」

接著，香月雛說：

「再說，我一直以爲名香子小姐妳會更早來呢。」

剛才她已經說過類似的話了。

23.

雛在七日上午打電話來，說良治將照預定計畫，於隔天的十月八日出院。她說自己也是剛收到良治傳 LINE 通知，手術後恢復順利，第二天就能在醫院裡走動，吃東西也沒什麼限制了。良治還說第三天，也就是今天早上，連疼痛都減輕許多。

「明天中午過後，應該就會回來了，請名香子小姐兩點之後過來吧。像上次討論的那樣，我會安排他待在二樓辦公室。」

香月雛說完這些，逕自掛上電話。

明天是星期四，不用上課的日子。其實就算有課，名香子也打算取消課程，前往「如雨露」。良治出院的日子碰巧是星期四，眞是太幸運了。

星期一，雛對名香子說：

「手術應該會在中午過後結束，下午名香子小姐就可以去醫院了喔。雖然因爲疫情的關係，醫院連家人探視都禁止，只有手術當天是允許的，負責動刀的醫生也這麼說。」

儘管雛這麼建議，名香子卻說：

「今天去了也說不上什麼話，反而會引起他的戒心。」

拒絕了去醫院探視的提議。

「與其今天去，我打算出院當天再來一次這裡。到時就能和良治哥好好談談了。」

名香子反過來如此提議。

「那就這麼辦吧。」

雛很快就順應了名香子的提案。

名香子一開始也懷疑過雛說的話是不是真話。只是，聽完她說明至今的前因後果之後，決定相信她沒有說謊。

另一方面，雖然不太想承認，但是聽了雛說的話之後，名香子多少能夠理解良治爲何做出這次這樣的舉動了。

「德山很容易感情用事嘛。」

雛的這句話，連名香子也不得不深深點頭表示贊同。

24.

十月八日星期四。

名香子準時中午十二點從家裡出發。她打算提早抵達千住附近等待，下午兩點一到，就前往「如雨露」。

在雛的安排下，不知情的良治會在如雨露的二樓等。雛說平常良治去店裡的時候，都是在那裡消磨時間。順帶一提，雛住的公寓好像是離「如雨露」走路五分鐘左右的地方。

上個月十七號良治跑到她公寓寄住後，雛自己幾乎都在「如雨露」二樓過夜。

「雖然不知道德山願不願意當天就回去，應該說我覺得很難啦……但是，總之名香子小姐只能先來一次了。」

星期一那天，雛也這麼說了。

聽說她來叔叔香月陸開的這間店幫忙時，叔姪倆還一起住在「如雨露」二樓這個房子裡。六年前叔叔罹癌過世後，她才租了現在住的公寓搬過去。

「送走陸叔之後，我自己在這裡住了一年。可是，發現罹患乳癌之後，我想改個運，才會去租現在住的公寓。待在這裡無論如何都會想起叔叔的事，怎麼也脫離不了悲傷的情緒，滿島醫生說那也是生病的原因之一。」

對親生父親在自己小學時就過世的雛來說，父親的弟弟香月陸是形同父親的存在。二十六歲年紀輕輕就罹患了子宮癌，無法繼續在高中當老師的時候，她依靠的也是這位「陸叔」。

那之後將近四分之一世紀的歲月，雛和陸兩人一起張羅「如雨露」，失去如此無可取代的親人時，雛還曾考慮把店收起來。

「陸叔死後一年，我又得了乳癌，當時眞的覺得一切都完蛋了。可是，一把關店的決定告訴常客們，大家都拚命反對，要我絕對不能這麼做。也因爲這樣，無可奈何之餘繼續做了下來。不過，現在回想起來，沒有把店收掉眞是太好了。」

四年前，她重新整修了二樓的房間，開了一間繪畫教室。那是搬到新家，動完乳癌手術後的事。教授植物畫的這間教室，意外吸引了不少學生，這對她來說也是始料未及的驚喜。

「植物畫很單調，我自己也只在讀美術大學時學過，一開始還擔心不會有人想學。可是，一直以來支撐著我的陸叔不在了，我自己又得了第二次癌症，心想必須要有所改變，成爲讓人依靠的存在才行。於是就豁出去整修房間，開了這間教室。」

集結繪畫教室學生作品舉辦的聯展，正好開在名香子和良治家附近的百貨公司，這只能說是巧上加巧的命運使然。

「教室開了整整三年，學生人數增加到將近二十人，很早以前就有人提議來辦個聯展。結果正好有一位學生的阿姨是百貨公司裡的活動負責人，說她看了外甥的作品非常感動，也想看看其他人的畫，就來教室參觀了一次。之後事情便進展得很快了，在短時間內決定舉辦聯展。對我來說，最後甚至在會場遇見了睽違幾十年的德山，感覺就是一連串的驚喜。」

雛如此述說著當時的心情。

一邊聽著她過往的經歷，名香子一邊心想。

——原來她也是老師……

對彼此的共通點感到訝異。同時，也覺得這麼說起來，兩人確實有點相近的味道。不難想像，良治一定也感到了這一點。

和上次一樣是平日，今天的中央自動車道卻很塞。設定導航時的預估抵達時間是「十三點十五分」，一路上卻不斷推遲。或許跟正值午餐時段也有關係，不過，下調布交流道前的大塞車是有原因的。原來三鷹附近路段發生了車禍，電子標示板上顯示抵達三鷹還要三十五分鐘。這時，汽車導航預估的抵達時間已經推遲到「十四點零五分」了。

然而，離開三鷹路段後，塞車的情形依然沒有改善。開到高井戶時，導航的預估抵達時間顯示「十三點四十五分」。

連續兩小時緊握方向盤，不斷反覆加速與減速的名香子精疲力盡。因爲一直想著今天的事，昨晚幾乎沒睡，這應該是疲勞的主因。原本以爲提早到那裡，找個離「如雨露」近的停車場把車停好之後，至少可以補個眠的。

快到永福時，右側車道忽然順暢起來，名香子毫不遲疑地嘗試變換車道。或許是心急加上疲累的關係，忽略了要注意後方來車。

才剛不假思索朝右轉動方向盤，後照鏡裡就映出同樣準備變換車道的大卡車。看到這個，全身寒毛直豎，冒出「危險！」念頭的瞬間，一陣從後方傳來的劇烈衝擊便籠罩了名香子。

25.

醒來時，名香子知道自己身在何方。

她還記得後方車輛撞上後，自己被從 Lexus UX 駕駛座拉出來，抬上救護車時，救護隊員問了姓名及年齡等資料確認身分，也記得自己做出了回答。抵達三鷹大學醫院急診中心後，立刻在急救室內接受急診醫生的診斷，照了 X 光也做了電腦斷層掃描。後來再次回到急診室進行正式治療。只是，這之後的記憶就模糊不清了。猜想是被注射了麻醉藥或鎮定劑，意識變得朦朧的緣故。

不知道睡了多久，也不知道是怎麼被搬到現在睡的病床上。

病床邊的人是眞理惠。

——她怎麼從輕井澤來這裡的？

才剛冒出這個疑問，立刻想起眞理惠在四號就提早結束集訓宿營，昨天已經回到高田馬場了。

和香月雛談話的內容，名香子當天就傳 LINE 告訴了眞理惠。昨天收到眞理惠傳來的訊息說「我還是回東京好了」。

「媽。」

看到名香子清醒，眞理惠湊上臉來。

——長得眞像良治。

看著那張擔心皺眉的臉，名香子這麼想。

「覺得怎麼樣？會痛嗎？」

眞理惠問，名香子臉朝正面，看著奶油色的天花板。想轉頭才發現脖子被石膏固定住。依序從雙腳腳尖到膝蓋、腿、腰和身軀，確認身體的感覺。右手沒什麼不舒服，左手無名指和小指卻不會動。感覺得出肩膀附近被什麼固定，不過沒有太大的疼痛。

「不會痛喔。」

她這麼回答。

想笑，卻不確定表情肌肉能不能好好伸展。拜 Lexus 安全氣囊之賜，臉上似乎沒有任何地方撞到。

「我去請護理師來。」

眞理惠說著走出房間，這裡大概是單人病房吧。

根據醫生的說明，名香子全部的傷勢包括頸椎挫傷、左肩脫臼骨折、左手無名指和小指骨折。

「最擔心的還是脖子，不過照了X光和CT電腦斷層，看起來挫傷程度輕微。脫臼的肩膀已經歸位，骨折也不算太嚴重。最不方便的，說不定反而是兩根骨折的手指。話說回來，傷到的是左手，仍算不幸中的大幸。德山女士，雖然接下來很辛苦，傷勢沒有危及性命還是值得慶幸。您開了一輛好車呢。」

年輕主治醫師的語氣彷彿在跟小孩子說話。

「眞的很謝謝您，醫生。」

身爲病患，也只能這麼回應。

隔天，名香子檢查了從車子裡拿回來的包包。包包沒壞，裡面也沒任何東西撞壞，連智慧型手機都沒事。

手機裡有三通香月雛的來電紀錄。昨天傍晚打的最後一通還留了語音留言。

「德山已經按照預定計畫出院了，整體來說算是滿有精神的。那麼，等妳下次再來。」

留言是雛這麼說的聲音。

名香子只聽了一次，立刻將留言刪除。

本該到訪的名香子卻沒出現，雛肯定覺得很奇怪。是否該回電給她呢。名香子猶豫了一下，最後還是決定放著不管。既不想告訴對方自己在前往「如雨露」途中出車禍，又不想隨便找個藉口說謊。

總覺得，好像怎樣都無所謂了。

被香月雛說動，決定去接良治回家這件事本身就是個錯誤。

最好的證明，就是眼下這個出了車禍、遍體鱗傷的自己。

住院第三天，身體已經好多了，肩膀沒那麼痛，醫生也說再過一兩天就能把固定脖子的頸圈拿下來。沒受傷的右手可以自由行動，吃東西沒有任何不方便。

拿下頸圈的兩天後，十月十四日星期三，住院正好一星期的名香子出院了。

這間醫院防疫做得很徹底，就算住的是單人病房，依然嚴禁任何人來探病。獨自在狹小的病房裡，沒和任何人見面，一星期下來眞是無聊到了極點。

雖然每天都和眞理惠用LINE視訊，但像這樣一人獨處幾天才發現，就算只是視訊上課，每天都能和學生接觸，對自己來說實在太重要了。

名香子強烈慶幸自己能持續工作。

——卽使人會背叛，工作也不會背叛。

空白的時間太多，再不願意也難免思考起良治的事。無數次回想那天從雛那裡聽到的內容。

在舉行聯展的百貨公司裡偶然重逢的幾天後，良治到「如雨露」去找她。那天是繪畫教室有課的日子，下課之後不久，良治就出現了。因爲學生已經離開，雛就請他進到房間，像招待名香子一樣端出蛋糕與紅茶。

「我在廚房忙的時候，他從書櫃裡抽出一本雜誌翻閱。當我像這樣端著蛋糕和紅茶走到他身邊時，德山劈頭就問『小雛，這到底是怎麼回事？』，把手裡攤開的雜誌遞到我面前。看到雜誌內容的瞬間，我心想糟糕了，也立刻明白德山爲何一臉疑惑。」

原本約好良治一找到工作就結婚的雛，之所以反悔解除婚約，是因爲發現自己罹患了子宮癌。

但是，分手時雛並未告訴良治事實。

「德山從以前就很容易感情用事，要是知道我生病，他絕對不肯分手的。可是，摘除子宮的我不能再跟他在一起。話雖如此，說實話顯然只會造成反效果……」

因此，雛想了一個計策。

「我跟他說，其實我另外有喜歡的人了。對方是美大的指導教授，雖然學生時代我就一直喜歡，但他原本是有家室的人。之前偶然重逢，得知他離婚的消息，過去的戀愛情感一口氣爆發。」

良治當然不會輕易相信未婚妻這番突如其來的告白。

但是，雛也早已做好萬全的計畫。

「我跟陸叔商量，請他假扮我的大學教授，三個人一起吃了頓飯。起初我提出這個做法時，陸叔是不願意的。可是在我的堅持下，他沒辦法也只好答應。德山親眼目睹我跟『教授』感情和睦的樣子，終於下定分手的決心。」

正因爲有這段過去，兩人之後才會完全斷了連繫，各過各的人生。

沒想到，良治在「如雨露」二樓隨手拿起的雜誌，是一本暢銷地方情報誌的過刊，裡面用很大的篇幅介紹了「如雨露」，包括接受專訪的店主香月陸特大張的照片。看到「陸叔」照片的良治，歷經二十多年終於發現當年自己被雛擺了一道。

「我沒辦法，只好把生病的事告訴德山。說我當時發現自己得了子宮癌，已經無法生小孩了，除了退出這段感情之外沒有其他辦法。現在回想起來，那時我也眞笨，何必說出實話呢，只要隨便再編個故事不就好了嗎……」
容易「感情用事」的良治反應非常激烈。
「一開始他很吃驚，後來就開始生氣了，罵我爲什麼演那麼爛的一齣戲來騙他，最後甚至說『都是妳害我人生變得一塌糊塗』。問題是，那都已經是將近三十年前的事了，被他這麼說我也只是覺得傻眼。」
第一次造訪後，良治開始頻繁跑來「如雨露」。
「八月來的時候，他說小雛，我可能得了肺癌。好像就是從那時候開始，他會說些如果眞的那樣的話，最後一段的人生想跟我一起住之類的話。不過，我怎麼也沒想到他是認眞的。」
像這樣一個人在病房裡，鉅細靡遺回想良治說過的話和那天雛的說明，名香子能夠釐清的，只有良治的想法。得知昔日未婚妻隱瞞病情，放棄和自己的婚事，現在也一個人生活。不只如此，六年前她還失去了親如父親的叔叔，大受打擊之餘自己也在五年前第二次罹患癌症。雖說後來手術成功，現在仍有再度發作的可能，她也持續單身獨居的生活——不難想像對昔日未婚妻同情不已的良治，在知道自己也罹患肺癌之後，爲何下定決心與她共度餘生。

不明白的是雛的想法。

當過去的未婚夫突然跑來說這些話，她究竟做何感想？即使在同病相憐的心境下接受肺癌纏身的良治，卻也對名香子表明自己只是單純把良治當成寄住的房客。然而，這番話的眞實性有多少，眞的可以相信嗎？

要是把這些事詳細告訴眞理惠，她一定會斬釘截鐵地說：

「這還用問嗎？一定是臨時瞎扯的謊言啊。要是那女人眞的討厭爸爸，就算媽媽一直沒去接爸，她也不可能讓爸爸住在自己家裡吧？媽媽，妳要是相信那種女人說的話，頭腦可能眞的有點問題了喔。」

眞理惠來接自己出院，中午前名香子從三鷹的醫院離開。在這新冠疫情的當下，也不好到處走走，只能搭計程車直接回家。

到家時，大約下午一點多。

這一星期以來，眞理惠都住在家裡。託她的福，家中不但打理得很整潔，還一點也不覺得冷清。喝完她沖的咖啡，一起吃事先準備來當午餐的麵包。

「我乾脆回來住一陣子好了。」

吃著她最愛的咖哩麵包，眞理惠這麼說。

「那怎麼行。」

早已料到她會這麼提議，名香子立刻提出反對。

「沒必要連眞理都跟我一起關在家啊。妳還年輕，不需要過度恐懼新冠病毒，還是要好好去做現在可以做的事。」

「所以我不是說了嗎，暫時陪媽媽一起住，我可以幫忙買飯啦，買日用品之類的啊。」

「只要請人外送，現在買什麼都很方便，吃東西我也可以用右手，自己一個人沒問題的啦。再說，這樣講雖然對妳過意不去，跟眞理住在一起，染疫的危險性反而更高。我自己一個人住的話，完全不出門也沒關係，眞理就不能這樣了吧？」

「可是……」

「身體幾乎不痛了，我一個人住反而能安心靜養，讓身體好好休息。所以，需要幫忙的時候我會馬上聯絡妳的，妳就回高田馬場去吧。」

想一個人獨處，這是名香子的眞心話。

一方面想好好思考未來的事，一方面也想盡快恢復上課。幸好原本就是視訊上課，不用出門也沒關係。像這樣面臨身體需要靜養的狀況時，還挺慶幸正好遇上這個新冠疫情時代。

眞理惠只幫忙準備了晚餐，四點多就回高田馬場去了。

臨去之際，她對名香子說了出乎意料的事。

發生車禍隔天，眞理惠就去了千住富士見町，見到在「如雨露」的良治。將名香子住院的事告訴他，也勸他到醫院探望，良治卻堅持不去，怎麼說也說不聽。

「我不想讓她產生不必要的誤會，這麼做雖然很無情，還是覺得不要去醫院比較好。我跟妳媽已經結束了。」

聽說良治是這麼說的。

「完全莫名其妙耶，那個人。」

眞理惠不屑地丟下這句話。

「我先暫時看看狀況，或許會再去找爸一次，到時候再跟妳說結果喔。」

這麼補充之後，眞理惠就先走了。

目送眞理惠離去，名香子在腦中謄寫了一次「完全莫名其妙」這句話，心想，就是這樣沒錯。

不知道良治到底在想什麼。不只如此，現在的名香子總覺得，自己連他究竟是誰都不確定了。

26.

都怪自己不該急著恢復上課。

過了一星期，回三鷹那間大學醫院檢查時，在往返的計程車中顛簸，脖子開始感到不舒服。可是，X光片檢查結果沒有問題，年輕的主治醫生也說「如果不痛也沒有哪裡怪怪的話，應該會愈來愈好」。儘管醫生都這麼掛了保證，下午結束補習班的線上英文課時，左肩到脖子後方一帶的肌肉出現至今未有的緊繃與麻痺。入夜之後，更轉變爲劇烈的頭痛。

吃了止痛藥就寢，隔天是沒課的星期四，白天都不痛，一到傍晚又跟前一天一樣惡化了。

卽使如此，星期五仍硬撐著上完白天的課。上課時疼痛加劇，勉強上完上午和下午各兩堂的一對一後，立刻聯絡星期六的學生請了假。

要是明天繼續這麼痛，星期一之後英文補習班的課就不得不請人代班了。事實上，星期六傍晚已經打過電話給佐伯主任，請他先讓自己休到十月底。

原本還在慶幸可以視訊上課，頭痛起來才知道根本不是那麼回事。因爲，一旦停止坐在電腦前用耳機和麥克風上課，頭痛的情況就一口氣減少了。

看來，透過螢幕和麥克風耳機的上課方式，對脆弱的脖子肯定形成了某種負擔，進而造成肩膀僵硬、麻痺和頭痛的後果。

仔細想想，遭遇整輛車都撞爛的車禍，還只不過是兩星期前的事。

只住院一星期，身體怎麼可能完全復原。然而，只因爲身體狀況明顯好轉，就想馬上恢復原本的日常生活，眞是太高估自己了。這也是落得如此下場的原因。

星期六、星期天好好休息了兩天，身體狀況好多了。卽使如此，名香子仍聯絡了每個上一對一課的家教學生，傳達想請假到月底以及過幾天再聯絡何時復課的事宜。

星期一到星期四幾乎什麼都不做。吃飯以外的時間都關在二樓自己房間裡，靜靜躺在床上。不看電視也不上網，不看書或雜誌。覺得無聊就從床上起來做做簡單的脖子體操，將浴缸裡的水保溫，一天泡熱水澡好幾次。

良治和雛都無消無息，幾乎每天聯絡的眞理惠也對良治的事隻字不提。不知道她是否去見了父親第二次，名香子也不主動問。

躺在床上，名香子思索著至今發生的事，也思考關於今後的各種事。

連受了那麼嚴重的傷，良治都不來探望名香子。

曾幾何時，他在電話裡說過不會再回這個家。可是，又不是叫他回來，去醫院探望一下妻子也不會遭天譴吧。結縭多年的妻子受了重傷，他卻用「不想讓她產生不必要誤會」這種愚蠢的藉口逃避探望，或許應該說已經不是正常人會做的事了？

——他已經厭惡我到永遠不想再見面的地步了嗎？

變成這樣的原因，是他與睽違將近三十年的前未婚妻重逢，得知對方依然單身？這麼說來，自己和他兩人長達二十幾年的婚姻生活到底又算什麼？

——良治對我這個妻子，到底是怎麼想的？

仔細回想，在「敦龍」提分手時，他最先說出口的話，是爲名香子將眞理惠養育爲乖巧的女兒表達感謝。他說過對婚姻生活沒有不滿，主要原因還是因爲生養出了眞理惠這個「優秀又不需要父母操心的女兒」吧？

與香月雛重逢，良治說「愛她的感情比愛名香子多好幾倍」，對名香子就只留下一句「我不是討厭妳」。爲了換取名香子的同意，他寧可把這棟房子和家裡所有東西都留下。

像這樣細細回想，只能說從他的言行舉止之中，看得出根本一點也不重視名香子這個妻子。

對良治而言，名香子不過是生下眞理惠的工具。想和這個工具斷絕關係，只要給出這棟房子、退休金和家中財產等物質上的東西就夠了——簡單來說，身爲丈夫的他就是這麼認爲。

正因如此，即使名香子受了那麼嚴重的傷，他也能只說句「不想讓她產生不必要的誤會」這種理由，就拒絕到醫院探病。換言之，在良治心中名香子並非對等的存在，單純只是有「妻子」這個身分的方便機能罷了。

相較之下，他對香月雛則是大發雷霆地說「爲什麼演那麼爛的一齣戲來騙我」，還說「都是妳害我人生變得一塌糊塗」。

如果這是事實，就表示良治和名香子的婚姻對他來說，是被雛剝奪了本該擁有的眞實人生後，不得已選擇的「一塌糊塗」的人生。

從良治連探病都拒絕的冷酷態度來看，他恨的或許不只是欺騙了自己的雛，反而更怨恨把他牽扯進「一塌糊塗的人生」的名香子？

不、光從這次的態度來說，幾乎可以肯定良治眞正恨的不是雛，而是名香子。

27.

到了月底，名香子盤算著回明石一趟。

八月上旬第二波疫情高峰過後，這段時間以來，全國每日確診人數最多也不超過六、七百人。可是，最近又有開始增加的趨勢。專業人士預測第三波疫情高峰可能會提早來到，歐美各國疫情更是以日本的好幾十倍規模再次擴大，國內各都市的封城感覺也不遠了。

今年一次都沒回過母親居住的明石。

錯過這個時期，說不定接下來半年，甚至一年都見不到母親了。

安養了一星期，脖子的狀況改善許多，頭也不痛了。

名香子發現，要返鄉的話只能趁現在。

十月三十日星期五。

中午過後，搭乘「光號」新幹線前往明石。

以防疫爲優先，且考慮到自己的身體狀況，名香子選擇了升等的綠色車廂，沒想到連綠色車廂都幾乎客滿，讓她嚇了一大跳。幸運的是，隔壁位子的西裝男在名古屋下車之後，一路到西明石都沒有人再來坐這個位子。只是，中途停靠每一站時，名香子都忐忑不安。

雖然看得出名古屋下車的西裝男是商務旅客，或許適逢週五的緣故，車上半數以上乘客看起來都像觀光客，大大行李箱不是放在架上就是放在腳邊，這樣的乘客佔了多數。他們大多在京都下車，這也佐證了名香子的猜測。

不只如此，畢竟是綠色車廂，乘客年齡層偏高。高齡人士本就是確診後容易轉爲重症的高危險群，衆人卻還不當一回事地享受京都旅行的樂趣。這樣的輕忽與有勇無謀，也教名香子無言以對。

——看這樣子，年底前的疫情擴大肯定無可避免了。

眼前的現實，令她切身感受到感染科醫生的擔心並非杞人憂天。

——早知道或許還是該請他們下個月初就來才對……

想起昨天傍晚接到的電話，名香子發現自己做了錯誤的判斷。

打電話來的，是風見園藝的風見社長，那時名香子正在準備煮晚餐。每年一到這個時期，風見社長都會來聯絡。每逢初冬與初夏，家裡的庭院會拜託風見園藝來整理。這是搬到現在這個家後就建立的習慣，算算也有十年了。

「年底疫情好像會擴大，我在想是不是該先去府上動工了。」

上次請園藝師傅來，是按照每年往例，六月進入梅雨季前的事。

當時緊急事態宣言已經解除一段時間，每日全國確診人數也控制在五十人左右，算是疫情比較穩定的時期。因此，儘管只是進到院子，名香子也就不太抗拒讓園藝師傅進入家門。

事到如今回想起來，那段時間大家甚至抱著疫情即將逐漸平息的淡淡期待。往常，名香子都會直接接受社長提議的時間，去年請他們來時也一樣是十一月。但是這次，她就是提不起勁這麼做。

出院後，名香子一次都沒下去院子過。不只如此，甚至下意識逃避從客廳窗戶看院子裡的景色。

隔著露台，或是坐在簷廊上欣賞三十坪左右庭院裡的花草樹木，原本是名香子日常生活中的樂趣之一。

然而，出院回來那天，第一眼看見院子時，內心卻湧現一股難以言喻的不悅。過了幾天，只要瞥見庭院中的花草樹木，心中那股厭惡的感覺依然不變，名香子才終於察覺原因是什麼。

因爲，只要看到院子裡的植物，就會讓她想起在「如雨露」二樓房間看見的那許多植物畫。

香月雛描繪的一幅又一幅宛如植物圖鑑插圖的植物畫，在名香子腦中歷歷重現。就是這引發了心中那股極度不悅的情緒。

那時對那些畫明明沒有觀察得多仔細，爲什麼看見自家庭院花草樹木時，會這樣想起出自香月雛手筆的那些寫實植物呢。連自己都對這過人的記憶力感到無奈。

風見社長打電話來時也是一樣。才剛聽到他的聲音，腦中就浮現那些植物畫，感覺一陣噁心。

即使每年都整理，風見園藝的師傅們來的時候，名香子自己當然也得一整天面對家中的庭院。光是想像這一點，都令她意氣消沉。

最近，她一直把通往簷廊的陽台落地窗蕾絲窗簾緊緊拉上。

不可思議的是，從二樓窗戶看出去的景色就毫無問題。別人家中庭院的植物或行道樹、遠方公園茂密的森林，一點也不會使名香子感到不愉快。

簡單來說，只有自家庭院讓她不太舒服。

不知不覺間潛入德山家，侵入原本平靜的家庭和至今的生活，彷彿香月雛的分身、手下、間諜——或許這就是現在自家庭院裡的植物給名香子的印象。雖然沒有自覺，從這突如其來的抗拒反應看來，這個印象或許早在潛意識中產生。

「下個月有點忙，今年可以拜託師傅十二月之後再來嗎？」

電話裡，名香子這麼對風見社長說。

「還是年底你們比較忙？」

做出自己也沒預料到的要求後，名香子又趕緊這麼詢問。

「不會啦，上次也跟德山太太說過，我們園藝業受到疫情影響滿大的呢，所以年底一點也不忙。」

風見社長親切的聲音透過話筒傳入耳中。

「這樣的話，十一月中過後，我再跟您商量何時方便。總之今年就先改成十二月之後。」

「知道了。」

昨天的電話就在這樣的對話中結束。

看到眼前新幹線車廂擁擠的狀況，名香子後悔起來。早知道應該拜託師傅們跟往年一樣十一月就來才對。到了十二月，東京都內的確診人數不知道要攀升到多少了。在那樣的狀況下，讓師傅進入家門一整天實在不安心。午餐時間也不可能叫師傅們坐在簷廊上吃，就算只是喝茶吃點心，還是得請人家進屋子裡來吧。

和那些年輕人接觸的頻率提高，確診機率當然也會提高。

——傷腦筋啊。

名香子也知道，自己可能太神經質了。

不過，最火大的還是因爲香月雛的那些植物畫，害自己陷入原本沒有的感染風險。

——一回到明石立刻打電話給風見社長，拜託他改回十一月上旬好了。

當然，還是要視今後的疫情狀況決定，嚴重的話，今年不要請人來打理庭院也沒關係。反正院子裡有一半的樹葉都掉光，花壇裡的花花草草也枯萎了。雖然往年都會請師傅來割掉夏天裡長出來的茂密雜草，其實就算放著不管也不是什麼大事。

只要暫時跟現在一樣，過著背對院子不看的生活就好。

在搖晃的列車上，名香子這麼說服自己。

28.

名香子一家從兵庫縣搬到明石市，是她國一時的事。

住進父親公司買來當宿舍的獨棟住宅，每天從家裡去當地的國中上學，高中則到神戶讀私立學校。明石和神戶相鄰，屬於同一區域，從明石車站到神戶市中心的三宮車站，搭JR的新快速電車也只要十五分鐘。

即使搭私鐵到神戶市須磨區名香子就讀的高中，也花不到二十分鐘。

名香子國、高中的六年都住在明石市。在這之前，因爲父親工作經常轉調的關係，從來沒有在哪個城市住超過三年。對這樣的她來說，如果有能稱得上故鄉的地方，或許就是陪伴她度過多愁善感時期的明石和神戶了。如果把從大阪的大學畢業後，回到神戶市內當中學英文老師的時間也算進去的話，名香子在這一帶生活了將近十年的時光。

現在還有往來的朋友，多半是國、高中時代認識的，偶爾回明石時，也習慣和她們約在三宮碰面。

父親久慈男辭去公司工作、獨自創業的地方也是明石。

名香子考上高中的平成元年春天，久慈男再次接到調職的命令，這次就不再全家遷徙，只有久慈男自己單身外派，搬到長野一個人生活。只是，約莫一年後，他下定決心離職，在名香子升上高二的平成二年五月，於明石市內開了一間保險經紀公司。

久慈男辭職創業的同時，一家人也搬出公司宿舍，住進久慈男在明石公園附近買的公寓。九年前久慈男過世後，母親貴和子到現在還自己一個人住在那裡。

貴和子精神體力都還很好。

上次見面已經是去年底返鄉時的事了。不過，母親和那時一樣，沒有太大改變。兵庫縣的確診數也算多，尤其集中在神戶市及其周圍城鎮，今年七十三歲的貴和子日子過得非常小心。話雖如此，她還是活力十足。

「每天早上都去明石公園散步，一天一定走一萬步喔。俳句會改成線上聚會，也是每週照常舉行。我的生活一點變化都沒有。」

這些話她每次在電話裡也會說，只是實際親眼確認了，還眞的就像她說的那樣。

貴和子主辦俳句會許多年了。

她和父親久慈男婚後不久就開始接觸俳句，已有將近半個世紀的俳句資歷。名香子上高中後，不用再花大把時間照顧孩子，貴和子對俳句的熱衷程度，更是可用「一頭栽入」來形容。到了名香子離開明石，去大阪讀大學的階段，她又一手創立自己主辦的俳句會，發展到現在，會員人數在明石和神戶一帶已是數一數二的多。

幾年前，貴和子受地方報紙之邀，擔任俳句專欄的評選委員，說創作俳句是她現在的生活重心也不為過。

下午四點半，名香子抵達老家。

要是在東京，這時間已很有傍晚的氣息了，明石這邊卻還殘留白天明亮的氛圍。和過去通學時一樣，出明石車站北口後，穿過明石公園，走進正好面對公園內成排櫻花樹的老家公寓大樓入口。

晚餐吃貴和子訂的外送握壽司。

這是一間在家附近常去的壽司店，那裡的老闆娘也是貴和子俳句會的會員。正確來說，是貴和子去吃了幾次壽司後，就邀請她加入了。

「富壽司也經營得很辛苦吧？」

握壽司使用來自瀨戶內海的新鮮漁獲，和名香子住的東京西郊壽司店的口味，果然還是有些不同。

「育代太太也很傷腦筋呢。」

一邊把眞鯛放進嘴裡，貴和子這麼回答。育代太太就是「富壽司」的老闆娘。

「我想也是。」

「不過，她也說空下來的時間，都用來鑽研俳句了。」

「這樣啊。」

因爲疫情的關係，政府開始呼籲避免外出後，母親立刻將每星期的俳句會改成用 Zoom 的線上俳句會。在那之前她似乎連 Zoom 是什麼都不知道，跟年輕會員學了，立刻導入使用。

飽餐了一頓壽司之後。

「其實……」

名香子從左手手指上的繃帶開始，按照順序將發生在自己身上的事，花了十五分鐘時間對母親說明。

「嗯，那妳暫時先放著別管他吧。」

認真聽完後，貴和子這麼說。

「放著別管？」

名香子不懂這話的意思。

「對啊。」

貴和子點著頭起身，從廚房裡拿來重新沖好的茶壺。先把名香子和自己茶杯裡沒喝完的茶倒進茶渣盅，再分別注入新的綠茶。

喝一口熱茶，貴和子說：

「會回來的人就會回來，不會回來的人就不會回來呀。」

「那暫時是多久？」

名香子問。

「到妳自己認清對方到底會不會回來爲止吧。」

「如果已經認清對方不會回來的話，我該怎麼辦？」

「那當然只有離婚一條路啦。」

貴和子說得很乾脆。

「眞的嗎？」

「眞的假的我不清楚啦，不過妳爸那時，我就是這樣喔。」

這時，貴和子口中說出令名香子難以置信的話。

29.

母親說，她是在父親單身外派去長野後，第一次過去父親自己住的地方時，發現父親外遇了。

「妳怎麼會發現？」

「這種事，做老婆的馬上就會察覺吧。再說，對方也不是他去那邊才認識的人。」

「欸？」

這話更是令名香子很難不驚訝。

「妳爸還在這邊的時候，就跟那個人交往了喔。我早就覺得怪怪的，只是想說應該不會吧。可是，他單身外派去長野三星期後，我一到那個屋子裡，就明顯感覺得出有女人的味道，這才確信他果然外遇了。」

「到底是怎麼一回事？」

「她是妳爸在明石分公司時的部下喔。然後，妳爸一被派去長野，她就辭掉工作追去了。我從長野回來後，馬上跟分公司的人確認，聽到她最近離職了，就知道我的猜測準沒錯，」

「那媽媽妳怎麼處理？」

「沒怎麼處理啊，就放著不管。」

「爲什麼？」

「因爲給人的壓力太大了吧？連工作都辭了，專程追過去耶，男人一開始或許會心花怒放，漸漸就覺得厭煩啦。我心想，暫時隨便他去，之後就會回來了。雖說到底要不要回來是妳爸決定的事，也不是我說什麼就能改變的就是了。」

「這麼說來，爸爸辭掉公司自己創業，也跟那個女人有關囉？」

「對啊，因爲他說要辭職，我才第一次說出我知道有那女人的事。結果，他說

『發生了各種事，如果想要回到妳身邊，這是最好的辦法』。妳爸爸他啊，還低著頭跟我道歉，說『眞的很對不起妳』呢。」

「他跟那女的之間到底發生了什麼事啊？」

「誰知道。」

「媽媽也不知道詳情嗎？」

「不知道啊，我一點也不想聽那種事。」

「這樣喔……」

「至於妳那邊，跟妳爸的時候相反，是男的跑去找女的就是了。不過，光從妳的話裡聽起來，我是覺得那兩人不會持續太久喔。等良治被那女人甩了，他就會回來了啦。所以，問題是到那時候妳還願不願意接受良治。」

「媽媽爲什麼能原諒爸爸呢？」

「以我的狀況來說，我是專職家庭主婦，生活全都要靠妳爸啊。當時妳也才讀高中，之後還得上大學，能不離婚是最好的啊。我當然很氣妳爸，可是男人多少都會有一兩次那種事吧。畢竟也經常聽身邊的人提到類似的狀況。是說，時代不一樣了啦，妳不但有讀大學，還有自己的工作，更何況良治都說房子要給妳，退休金也會給妳一半，或許沒必要勉強復合。真理惠都上大學了，妳今後也可以選擇過自己想過的自由生活不是嗎？」

聽貴和子的語氣，這一切似乎不是什麼嚴重的事。

原來名香子剛上高中那時，貴和子會對俳句那麼熱衷，是因爲和父親之間發生了那些事啊。這下名香子總算明白了。

最令名香子意外的，其實是那憨直的父親竟然會外遇。不只如此，母親居然到今天才說出來，父親久慈男也是，從來沒有透露過。

這麼一想，輕易就把實情告訴眞理惠的自己眞是太沒用了，名香子感到有些愧疚。只能勉強用貴和子那句「時代不一樣了」來合理化自己的行爲。

話說回來，對母親全盤托出，又聽了她的想法後，名香子感覺心情平靜許多。

那天晚上，母女倆又繼續聊到更晚，上床睡覺時早就超過晚上十二點了。

隔天早上，吃了母親做的早餐，一起去明石公園散步。

星期六的關係，公園裡人很多，很熱鬧。除了幾乎所有人臉上都戴上口罩這點外，公園裡的景色和名香子讀高中那時幾乎沒有不同。

昨天，出了車站，經過這座公園走回家時也有一樣的感覺。明石這個地方的空氣和住慣了的東京完全不同。從氣味到溫度，甚至是風吹拂在身上的觸感，一切都是那麼溫潤柔和，絲毫不用勉強自己的五感就能融入其中。每深吸一口氣，都能化爲安心的嘆息再次吐出，明石的空氣就是以這麼特別的質感籠罩著自己。

早上和母親並肩走在公園裡，名香子也有同樣的感覺。

——這就是故鄉的味道嗎……

這麼想著，心裡揣著的是另一層心思。

昨晚，母親斷言良治和香月雛「那兩人不會持續太久」，但名香子總覺得不是這樣。

最大的理由，跟這故鄉的空氣有關。

一如現在故鄉的空氣令名香子感到心靈平靜，身爲同鄉的良治和雛身上一定也擁有使彼此心靈平靜的某種質感。那兩人在栃木上同一所高中，畢業後一起到東京升學，大學時代以好友的身分陪伴過彼此，畢業後又成爲一對戀人，還約定過要結婚。曾是摯友又成爲未婚妻的雛突然離去，對良治來說肯定是難以忍受的痛苦。

因爲他在失去戀人的同時，也被奪走了故鄉。

沒想到經過三十年的光陰，原以爲已經失去的故鄉，卻因雛的一番坦白，以意想不到的形式重回手中。罹患肺癌，從死亡深谷邊緣走過一遭的良治，會下定決心再也不放開雛，好像也是順理成章的發展。名香子有這種感覺。

像這樣將故鄉的空氣吸滿整個胸腔，似乎能夠理解良治那按捺不住自己的心情了。

結婚前夕發現自己罹患子宮癌，不得不暗自飲泣，與良治分開的香月雛，或許也有相同的心情。

在公園裡走了一小時左右，先回家一趟，名香子簡單沖澡後，開始收拾回東京的行李。

跟貴和子道別時，她拿出一本薄薄的冊子給名香子。

「去年我們俳句會有個成員調職搬去札幌，這是她在那邊參加的俳句會裡熟識的人出的俳句集，寫得很不錯喔。她說叫我也分給大家，寄了好多本來，也給妳一本吧。可以在回程的新幹線裡看看。」

這是母親第一次給自己俳句相關的書。

自己創作的俳句，她至今連一次都沒拿給名香子看過，編過的好幾本俳句集也沒送給名香子。另一方面，名香子當然從高中就偷偷看過母親的俳句，也翻過她編的俳句集，但是連一次都沒對貴和子表達過感想。

「謝謝。」

這時也是，名香子只是道謝並收下書而已。

離開家後，先繞去明石車站南口的「魚棚商店街」，在那裡買了明石特產烤穴子魚和燉章魚。

等一下要去神戶，午餐和好友越村奈奈約好一起吃了。

穴子魚和章魚是奈奈愛吃的東西，每次跟她碰面前，都會買這裡的特產帶去。

之後沒有其他預定計畫，總之今明兩天先住在神戶的飯店，後天星期一打算去一趟大阪。在大阪，還有另外一個名香子想去見的人。

只是，事先並未聯絡對方，也不確定是否眞能見到面。

如果不行就算了，預計星期一打道回東京。

30.

「妳的左手怎麼了？」

元町這間常來的中餐館包廂裡，越村奈奈一走進來，看到等在裡面的名香子時，臉上還戴著口罩就這麼低聲問。

「三星期前出了車禍。」

名香子也戴著口罩回答。

奈奈把脫下的大衣折好，放在名香子對面的椅子上，再把包包放上去，自己則隔著大圓桌，在名香子斜對面的椅子上坐下。

「妳電話裡怎麼都沒說？」

她皺著眉頭這麼問。

「其實，前後還發生了跟車禍相關的各種事，想說等見了面再詳細跟妳說。」

「是喔……」

才聽到這裡，奈奈已經一臉擔心。

越村奈奈、廣末美晴和高藤鈴音這三人，是名香子從高中到現在的多年摯友。彼此稱對方奈奈、美美、鈴鈴，不知為何，只有名香子始終直接喊「名香子」。

其中奈奈更是名香子最好的朋友。

這次良治的事，如果說要找誰商量的話，第一個找的非奈奈莫屬。

「我已經點好菜了。」

名香子說。

這裡是她們從高中就常來的老地方，點的菜也都固定那幾樣。最後一定會來上一道店內最有名的蔥湯麵。

「那就好好說給我聽吧，到底發生了什麼事？」

姑且以茉莉花茶乾杯，各自再戴回口罩後，奈奈略往前探身這麼說。

像前一天晚上對貴和子說的那樣，花了十五分鐘從頭開始說明。

奈奈時而點頭，時而睜開眼睛，時而閉起眼睛，聽著名香子說的話。

從高中到現在，她是四個人裡最愛操心，同時也是頭腦最好的一個。就這點來說，想商量什麼事時，找奈奈準沒錯。美美和鈴鈴也一樣，只要遇到什麼麻煩事，一定第一個告訴奈奈。

包括名香子在內，四人上的都是關西地方的大學。美美在神戶，鈴鈴在京都，名香子和奈奈在大阪。名香子讀的是外語大，奈奈則進了阪大。不過，畢業後兩人都從事教職。或許因爲選擇了一樣的職業，出社會後名香子和奈奈的往來也最密切。

跟寶念富太郎的事，從頭到尾全都知情的，也只有奈奈一個人。

製造名香子和良治相識機緣的，是從神戶大學畢業後前往東京就職的美美。不過，美美和大學時代的社團學長結婚並搬回神戶時，名香子正好爲了和良治在一起而搬到東京。另一方面，決定和大學時代男友水內結婚的奈奈，也在名香子婚後一年左右搬到東京。因此，在奈奈五年前因爲一些原因回到神戶之前的十幾年，同在東京的名香子和奈奈一直保持緊密的聯絡。順帶一提，當年在京都上大學的鈴鈴則嫁給了當地漬菜店的第五代小老闆，到現在都還住在京都。

「聽起來很不得了耶。」

不愧是有過一次經驗的奈奈，這句話聽起來就像有千斤重。

「那名香子妳打算怎麼辦？」

奈奈直截了當地問。

「我就是不知道啊。我媽叫我暫時放著別管，可我總覺得那樣也不能解決什麼。」

「妳所謂的解決什麼，是想跟良治復合的意思吧？」

即使好友這麼說，名香子也無法肯定自己想再次跟良治一起生活。

「這我也不知道。我現在身處的現實實在太非現實了，有種難以理解的感覺。想都沒想過他會做出這種事。」

「也是啦，你們的情形跟我差太多了嘛。」

奈奈的丈夫水內外遇不斷，死性難改，從奈奈生下獨生女杏奈後就沒停過偷吃。每次跟奈奈見面，她都在抱怨老公。五年前，杏奈上國中後，水內居然跟杏奈小學同學的媽媽搞在一起。這下不只奈奈，連在杏奈面前也紙包不住火，再也無法忍受的奈奈才決定離婚。

離婚前聽奈奈說起這事時。

「奈奈，妳只能離婚了。」

名香子還記得自己當場立刻這麼斷言。

「我也不知道名香子接下來該怎麼辦才好。唯有一件事可以告訴妳，那就是——離婚或許沒有結婚的時候想像的那麼辛苦。當然，如果還帶著好幾個年幼的孩子的話，就必須另當別論。可是，考慮到名香子現在的狀況，就算和良治分開，對妳的生活也不會造成太大困擾。這點我的想法跟貴和子媽媽一樣喔。」

名香子不知道今後自己該如何是好的原因有二。

第一，是她還無法理解良治爲何做出這種行爲。

第二，是名香子自己無法判斷良治行爲的是非對錯。

良治背叛了妻子名香子，這是毋庸置疑的事實。但是，那個良治會背叛共同生活了二十多年的妻子，肯定有很好的理由。這個想法一直無法離開名香子的腦海。

奈奈的前夫水內和良治雖然都是男人，類型可說完全不同。

以前名香子總是想不通，爲什麼水內不斷偷吃，奈奈還是不跟他離婚。然而這次，當良治用那種方式提出分手，名香子總算有點明白爲何奈奈對婚姻如此執著。

正因水內跟各式各樣的女人外遇，奈奈才能相信他終究會回到自己身邊吧。事實上，要是五年前奈奈沒有下定決心離婚，水內一定也還會回到妻子身邊。

相較之下，良治和水內完全相反。

在這之前，他恐怕一次也沒對其他女人動心過。這不是名香子自作多情，確實就如眞理惠說的那樣。事到如今，名香子也認爲眞理惠說的那句「爸爸一直都最愛媽媽」是事實無誤。只是，眞理惠在這句話之前說的另一句話錯了。

「爸爸他一定是因爲得了肺癌，嚇得頭腦都壞掉了啦。一時意亂情迷，暈頭轉向地跑去別的女人那裡，只是這樣而已」。

這個看法絕對是錯的。

現在的名香子非常清楚了。

良治這個人不是會因「一時意亂情迷」就「跑去別的女人那裡」的類型。猶豫多年才跟水內離婚的奈奈與現在的自己之間，有著相當大的不同。

正因如此，姑且不論是非對錯，至今一次也沒外遇過的良治，這次做出的選擇才會特別強烈又沉重。

料理陸續上桌，名香子和奈奈品嚐起懷念的滋味。

「好久沒吃外食了呢。」

露出當年那個高中生的笑容，奈奈這麼說。

看著奈奈的笑容，名香子忽然想起，這麼說來，良治宣告分手的地點也是中餐館。

發生那件事至今才不過一個半月，真教人難以置信。

31.

後半段，聽奈奈說了她家裡的事。

「真是辛苦妳了。」

名香子這麼說。

「對啊，我家現在狀況這樣，我也很痛苦。」

奈奈點頭說。

離婚之後，奈奈帶著杏奈回神戶，住進東灘區的老家，一直和父母共同生活。然而，去年十一月，父親達郎腦梗塞病倒後，越村家的狀況為之一變。

「現在疫情這樣，我爸也一直對復健提不起勁。可是，我媽卻很嚴厲地指責他只是拿疫情當藉口偷懶而已。這也難怪啦，要是他麻痺的狀況始終沒有改善，以後就要永遠坐輪椅了。到時候，不管是我或媽媽，照顧爸爸都會變成一件很麻煩的事，我媽會那麼煩躁也不是不能理解，可是最近，她甚至不客氣地直接對我爸大喊『沒想到你是這麼沒毅力的男人，窩囊廢！』對我爸來說，過去那個百依百順的老婆像變了個人似的，簡直是驚天動地的大事啊，我說真的。

說穿了，我媽就是不想看護我爸。除了麻煩之外，有一部分原因是她無法忍受看到我爸脆弱的樣子吧。不管怎麼說，那個人多年來一直依賴我爸而活啊。所以，她現在已經開始暗示我，要是有什麼萬一，照顧父親的事要全部靠我這個女兒了。」

吃著最愛的蔥湯麵，奈奈下了這個結論。

「一個家裡要是有誰生病的話，一切都會變得不一樣。」

想起良治的肺癌，名香子這麼說。

「名香子也是啊，現在離婚對妳或許比較不吃虧喔。總比今後徒留婚姻關係，良治變得像我爸那樣的話，妳就虧大了。看到我爸媽那樣，我才覺得跟水內離婚是正確的決定。說到底，結婚多年的夫妻，先病弱的多半是丈夫，妻子就必須照顧對方到最後一刻才行。可是老實說，那真的很給人找麻煩啊。要是還像從前的時代，家裡的錢全都是丈夫賺的，妻子只要專心帶小孩做家事，徹底執行分工合作的話，照顧生病的老公也是沒辦法的事。可是現在女人自己有工作，帶小孩做家事卻還是全部推給女人，到最後還得看護生病的丈夫，哪有比這更划不來的事呢。這麼一想，名香子能在小孩已經大了的狀況下離婚，或許稱得上幸運的。妳自己有工作，良治也說要把房子跟一半退休金給妳不是嗎？眞理惠也百分之百會站在媽媽這邊，冷靜算算，現在離婚對名香子下半輩子來說，說不定才是求之不得的事。」

奈奈還這麼說。

甜點杏仁豆腐送上桌時，已經聊到奈奈現在交往對象的事了。她回這邊後不久，就在市內某私立高中找到國語老師的教職。現在的男友是同所學校的體育老師，雖然有老婆，但好像沒小孩。奈奈自豪地炫耀小自己七歲的帥氣男友，說他一身驚人的肌肉，一起睡的時候「雞皮疙瘩起不完」。雖說仍需擔心父親的事，高三的杏奈也已確定通過大學推甄，現在的奈奈看起來還算幸福。

走出店外，爲了送奈奈搭車，兩人一起走到元町車站。

「名香子也回來這邊如何？」

她忽然這麼說。

「老了以後，大家住在一起就好了啊。」
依然面對前方，奈奈露出笑容。
「大家一起？」
「意思就是，老了以後，和我啊，美美啊，鈴鈴啊這些高中同學住在一起嘛。像這樣和好朋友們互相扶持，在神戶度過人生的最後。最近我覺得這是滿高級的結束人生方式喔。」
「高級的結束人生方式？」
名香子望向身邊的奈奈。她依然面對正前方。
「對，最後從丈夫、小孩那些麻煩得要死的存在獲得解脫，活得自由隨興雲淡風輕，最後安詳地死去。如果不是現在這種和平的時代，還沒辦法這麼做呢。我覺得這是很讚的死法，所以說是高級的結束人生方式。」
一如往常戲謔的語氣。不過，說這話時奈奈朝名香子轉頭，眼神出乎意料的認眞。

32.

寶念富太郎來到「兩人的新家」，是他在電話裡說了「要找警察商量」三天後的晚上。

名香子沒有把他的東西放回原本的房間，就算他要找警察也無所謂，抱著「隨你高興怎麼做」的心情。

進入屋內的寶念，看到自己的家具、衣服和日用品都在新家裡收放得整整齊齊，彷彿隨時都能在這裡展開新生活，不由得愕然無語。

隔著平常兩人在房間裡吃飯時使用的小餐桌，名香子與寶念相對而坐。

「小名希望我怎麼做？」

這是寶念說的第一句話。

太奸詐了……名香子這麼想，默默等待他繼續說話。

「妳希望我按照原定計畫，跟妳一起在這裡生活？」

「你爲什麼不是先道歉呢？」

名香子忍不住低喃。

「明明做了那麼過份的事……」

「我知道自己確實對小名做了不好的事喔，也知道那再怎麼說都太突然了。可是，那時要是不那麼說，總覺得事情會陷入無法挽回的地步。這三天我一直在想，我知道自己一點也沒替小名的心情著想，也知道自己很對不起妳。」

寶念說了好幾次的「我知道」。

不是「我確實做了不好的事」，而是「知道我做了不好的事」。不是「太突然了」而是「知道這太突然了」。不是「我一點也沒替妳著想」，而是「我知道自己一點也沒替妳著想」。最後，不是「我很對不起妳」而是「知道自己很對不起妳」。

這人好奸詐啊——名香子再次這麼想。

「從今晚開始，我會住在這裡的，只能這麼做了。」

當他這麼說的時候，名香子很想回答「已經不必了」。

「說什麼只能這麼做，我才想拜託你不要來跟我住在一起呢。」

這句話幾乎要脫口而出。

但是，名香子只是盯著寶念的臉，硬吞下已來到喉頭的話語。

因爲她實在是太喜歡他了。

同居滿一個月那天，吃過晚餐，寶念毫無預警地說：

「我們還是分手吧。」

「我無論如何都無法把她的身影從腦中趕跑，繼續這樣和妳生活下去，我的心可能會死掉。」

名香子默默承受了這句話。這天早上她就知道了，滿一個月的今天晚上，他一定會這麼說。

——而你早就已經把我的心殺死了。

這句話沒有說出口。

自從那天晚上，寶念對名香子說出岡副吹雪的事之後，有句話一直佔據名香子心頭。

「因爲我不怕，所以沒關係。」

這雖是岡副對寶念說的話，也不知道爲什麼，名香子總覺得這句話是岡副直接對自己說的。

——因爲我不怕，所以沒關係。

和寶念一起生活的那一個月，她也一直告訴自己這句話。

「這樣的話，請小富在明天之前把你的東西全部搬出這裡。今天晚上我先回明石去了。」

只這麼說完，名香子簡單收拾包袱離開「兩人的家」。

從此之後，二十二年來，連一次都沒再見過寶念富太郎。

只是，那句「因爲我不怕，所以沒關係」至今仍棲宿在名香子內心深處。

33.

十一月二日星期一。

在梅田下車，徒步走向位於平野町的N證券大阪總公司。不到需要特地搭計程車去的距離，且雖然氣象預報說今天會下雨，路上也還沒看到撐傘的人。天色陰暗，沒什麼風，空氣溫溫吞吞的，不太覺得冷。

早上十點多從三宮搭阪急電車出發時，車內人還不少。都已經刻意避開尖峰時刻了，可見尖峰時刻的擁擠程度或許跟疫情前也沒什麼兩樣。

話雖如此，大阪的口罩佩戴率還是挺高的。幾乎所有乘客都戴上了口罩，不是低頭滑手機就是用無線耳機聽音樂。

梅田車站一如往常人潮洶湧，御堂筋上的路人倒沒那麼多。或許跟天氣和時段也有關吧，大阪的辦公大樓區可能也有一定程度的人改成遠距工作了。

走十五分鐘左右，抵達N證券大阪總公司。

這是一棟聳立於御堂筋旁的高樓大廈，抬頭仰望時，整面的玻璃外牆倒映出灰暗的天空。

一樓出口吐出大量人群，同樣也有大量人群被吸進大樓之中。畢竟是日本首屈一指的證券公司，進進出出的人絡繹不絕。

走進大門，穿過寬敞得驚人的大廳，朝正面接待櫃台走去。

裡面並排坐著四個穿制服的櫃台小姐，所有人都戴著透明防護面罩，面前還設置了壓克力隔板。

大廳隨處設置著消毒用的酒精。

在櫃台旁邊的檯子上塡寫了訪客申請表，塡入欲拜訪的人名與所屬部門，以及自己的名字、地址及是否已有預約。帶著申請表走回櫃台前，從隔板上開的小洞將申請表遞進去。

「您要找的是事業法人總部長寶念對嗎？」

櫃台小姐如此確認後，不等名香子回應就拿起話筒。

寶念富太郎現在是大阪總公司的「常務執行董事兼事業法人總部長」。這個名香子從東京出發前就上網確認過了。

當年他的工作能力已廣受好評，出人頭地是預料中的事。不過，才五十一歲就當上「常務董事」，令名香子頗爲驚訝。

電話那頭似乎聯繫上了寶念，只是隔著防護面罩，櫃台小姐的聲音悶悶的，聽不清楚說了些什麼。

通話很快結束，她朝這邊轉頭，一樣從小洞裡遞出一張薄薄的卡片。

「這是入館證，在那邊的入口感應後就能入內，往前走有電梯，請搭上四十五樓。寶念說會在電梯出口等您。」

「謝謝。」

道謝後接過入館證。

申請表上塡的姓名是「望月名香子」。相信寶念一看知道來訪者是誰。

電梯門一開，眼前出現令人懷念的笑容。寶念穿著深灰色西裝，打藍色條紋領帶，鞋子是一套就能穿上的懶人皮鞋。沒有鞋帶的皮鞋照理不算正式打扮，但他從年輕時就常穿不用綁鞋帶的鞋子。

「穿直接套上的懶人鞋，在英美被譏爲『方便逃跑的傢伙』，很多人都排斥穿。可是，我就是覺得綁鞋帶太麻煩了。」

他經常這麼說。

人的喜好眞的不會變呢。

他好像胖了點。儘管口罩遮住下半張臉，仔細看還是看得出臉圓潤了不少。不過，若說有什麼改變，頂多也就是這種程度。迎上前來的寶念富太郎依然是名香子記憶中的模樣。一頭烏黑的頭髮，應該有染過吧。

「實在是太久沒見了呢。」

寶念張開雙手，以一副要擁抱的架勢做出框住名香子的動作。

「妳一點都沒變，小名。」

他這麼說。

34.

寶念帶名香子到他的辦公室內。

「沒想到小名會來，嚇了我一跳。」

兩人在辦公桌前的六人座大沙發上相對而坐。看起來應該是胡桃木做的大茶几中央，也設置著透明的壓克力隔板。說是對坐，兩人都坐在沙發靠左的位置，也不算是正對面。

名香子不清楚事業法人總部到底有多大，只是從這豪華的總部長辦公室看來，規模肯定不小。從四十五樓的落地窗望出去的景色也很美。

女秘書端來咖啡，寶念拿掉口罩啜飲一口後。

「哎呀，眞的嚇了一大跳。」

再次戴回口罩，又重複了一次這句話。

接著，他說了出乎意料的事。

「其實啊，夏天時我確診了。去札幌出差，明明已經自認很注意防疫了，回到家那天就開始發燒。嚇得趕緊去做ＰＣＲ檢查，結果果然是陽性。不過，只有回家那天晚上發燒，做ＰＣＲ時已經退燒了，也沒有其他症狀。所以，在保健所的判斷下，回到自己家中療養，接下來的一星期一直在家隔離。我家沒有小孩，但是養了四隻貓，家裡還隨時有好幾隻寄養的貓，總之萬一傳染給貓兒們就糟了，吹雪完全把我當成危險人物對待，自己帶著所有貓咪到一樓避難，留我一個人隔離在二樓。幸好我家本就設計成兩代同堂住宅，每層樓都有獨立的廚房、衛浴和盥洗室，這樣就能做到完全隔離了。一直沒症狀，我又很無聊，只好自己做飯給自己吃。一星期後做了第二次ＰＣＲ確認陰性才平安獲釋。所以，我應該不會傳染給小名，萬一小名染疫也不會是被我傳染的。是說，小名以前得過自發性氣胸，應該是爲了保險起見才一直戴著口罩吧？」

「小富，你是我第一個遇到的確診者。」

名香子忍不住這麼說。

真沒想到睽違二十多年的寶念竟然感染過新冠病毒，只能說是難以置信的巧合了。

「每個見到我的人都這麼說。」

寶念愉悅地回答。

從他剛才說的那段話，名香子獲得了幾項資訊。

首先是他和岡副吹雪結婚了，不過兩人沒有小孩。家裡設計成兩代同堂住宅，可能是今後預計與夫妻某一方的父母同住，或是曾經同住。從養了四隻貓這點看來，這對沒有孩子的夫妻應該對貓很是溺愛。此外，家中隨時都有寄養的貓，大概是妻子吹雪有在從事動保相關的活動。

凝視始終笑容可掬的寶念，名香子說：

「我想你可能非常疑惑，所以我話先說在前頭，今天來沒有別的目的，就只是來看看小富你而已。我原本就打算，要是你不在的話直接打道回府，以後應該也不會再見面。只是最近偶爾會想起你，這次回明石老家順便來大阪，就想來看看你過得好不好。所以，能像這樣見到面，你看起來也很有精神，這樣就夠了。我想小富你一定很忙，我也差不多該告辭了。」

這番話有一半出於眞心。剩下一半，名香子自己也不確定。

良治以那種方式離去後，名香子忽然想確認寶念到底過得怎麼樣了。爲什麼會產生這種心情，她也說不上來。

「這樣啊。」

寶念喃喃低語。

「確實是會有這種事，我偶爾也會想起小名。」

他這麼說。

「對了，小名難得碰面，中午要不要一起吃？話是這麼說，現在外食也不放心，只能叫外送就是了。」

「你工作不要緊嗎？」

「完全不要緊喔。每天都閒到不行呢。在這棟大樓工作的員工每星期有一半遠距工作。大阪的確診者又開始增加了，年底恐怕得加強遠距模式才行。我帶領的部門現在等於開著店門不做生意。」

「這樣啊……」

寶念從沙發上起身，走向兩邊都有抽屜的氣派辦公桌，拉開抽屜取出一疊紙再走回來。像拿撲克牌一樣，雙手把手上那疊紙推成扇形。

「妳想吃什麼？」

紙上都是外送餐廳的菜單。分別有日本料理、丼飯料理、中式料理、西式料理、烏龍麵、蕎麥麵、披薩……等等，形形色色的菜單。

「小富你決定就好。」

也只能這麼說了吧。

「就這麼辦，因爲小名不挑食嘛。」

從菜單裡選出一張，寶念按下手邊的對講機按鈕。

「山口小姐，請幫我訂兩份便當。」

說著，將便當店的名稱和便當種類告知女秘書。

寶念爲名香子訂了她喜歡吃的蟹肉奶油可樂餅便當，自己則是炸海鮮便當。便當送來之後，他還要求用一根炸蝦跟名香子交換一個可樂餅。

「記得小名最討厭這樣交換便當菜了。」

「有嗎？」

寶念這麼說。

名香子回答。

「妳連吃大阪燒都不喜歡分著吃，讓人很傻眼耶。」

事實上，他說的沒錯。名香子喜歡把自己點的東西全部吃完。

一邊吃便當，一邊聊著各自家庭的話題。

名香子告訴寶念自己跟電機工程師結婚，搬到東京住，現在也還住在東京，還說了去年獨生女上大學的事。

「妳生了女兒啊。既然是小名的女兒，一定是個美女囉。」

「不知道耶，她長得像我先生。」

名香子說。

「不過，應該算可愛吧。」

又這麼補充。

「小富不要小孩嗎？」

想起剛才寶念說過他們沒有小孩的事。

「我們家……問題出在我身上。」

「問題？」

「其實我是無精子症。因爲一直沒懷孕，夫妻倆一起去醫院檢查才知道的。剛得知事實的時候難免大受打擊，心想這下完蛋了，說不定會離婚。」

「是喔。」

名香子記得交往時寶念總是很小心避孕，這也是喜歡他的原因之一。

「可是，一知道這件事，她就跟我說，既然如此，我們就過沒有小孩的人生吧。我才放下心來。」

雖然連一次都沒見過，也沒跟她說過話，名香子卻認爲，這很像岡副吹雪會說的話。

「貓是什麼時候開始養的？」

「養最久的已經超過十歲了。以前妳不是跟我說過咪可的事嗎？就跟當時的小名妳一樣喔。現在我雖然住在西宮，還住在豐中的時候，經常在家附近慢跑，有天，跑步必經的公園草叢裡傳出貓叫聲。我過去一看，裡面只有一隻剛出生的小貓。於是我就把貓帶回家養了。拜這孩子之賜，吹雪對貓咪的愛整個大爆發，現在她為了貓的保護活動，每天在整個關西到處跑。」

「是喔——」

「嗯，在我家貓就像小孩嘛。不過，知道小名有女兒真是太好了。如果那時妳繼續跟我在一起，就沒辦法生小孩了。」

寶念這麼說，聽起來沒有別的意思。

「不過，沒有小孩的人生一定也不壞喔。」

名香子也說得好像發自內心，完全沒有其他意思的樣子。

「謝謝妳。」

寶念再次浮現笑容。

35.

「妳不是遇到什麼困難才來的吧？需要錢或是生病了之類的？如果是的話，我應該有很多幫得上忙的地方。」

送名香子到一樓大廳，臨別之際寶念這麼說。

「別這樣，眞的不是那回事。」

「眞的？」

「眞的啦。」

寶念這才不甘願地點頭。

「好吧，下次回來再聯絡我喔。隨時都沒問題。」

只是，直到最後他都沒有問名香子的聯絡方式。

36.

走出N證券大阪總公司大樓，名香子往新齋橋的方向走。

天上別說下雨了，甚至透出一絲陽光，氣溫感覺也上升了。裝換洗衣物等東西的行李箱，在離開神戶的飯店時已經用宅配寄出。現在手邊只有一個手提袋，行動很自由，總覺得直接回梅田換車去新大阪車站，再搭新幹線回東京，好像有點可惜。

既然都來了，不如再多呼吸一點大阪街頭的空氣吧。

說是說在大阪讀的大學，其實校區位於箕面市外圍，沒事也不會來梅田。不過，即使是這樣，社團聚餐或參加活動時會來，大一暑假還曾在美國村打工過。

像這樣從御堂筋走向難波，內心不斷湧現懷念的情緒。

在美國村打工，是爲了補足去倫敦留學的費用。當時去倫敦就是名香子人生最大的目的，也是比什麼都重要的夢想。

實際上，在英國的那一年，確實過著如夢般的每一天。

只是，那雖然是寶貴的經驗，眞要說的話，這段經驗並未在人生中派上多少用場。能以英語教學作爲一輩子的工作當然很幸運，現在回想起來，還眞不知道爲什麼年輕時的自己會對英語這個語言產生興趣。

走過中央大通，左轉進入心齋橋的拱頂商店街。

明明是星期一的白天，狹窄的商店街裡還是充滿了人。

人實在太多了，名香子瞬間有些慌張。不過，確定人人臉上都戴著口罩後，還是踏入了長長的商店街。

幾個月沒像這樣走在擁擠的人群中了呢。

昨天在星期天的神戶元町及三宮拱頂街散步時人也很多，一和心齋橋相比，又顯得小巫見大巫了。

梅田或心齋橋的人潮，就連在東京都很難看見。

越過長堀通，走到大丸百貨心齋橋店時，開始感到有些頭暈腦脹。過了大丸，發現前方的建築物二樓有一間咖啡店，便決定先去那裡避難。從下往上看，可見落地玻璃窗邊的包廂式座位還有兩個空位。

時間已經快來到一點半，午餐時間過後，人潮差不多也該消退一些了吧？

進入店內，什麼都沒說，店員就帶名香子到靠窗的位子。前後都有確實隔擋起來，幾乎不用擔心感染的危險。名香子坐在椅子上喘口氣，動動脖子及肩膀，特別是之前脫臼的左肩，確認狀況。差不多都不痛了，也沒什麼卡卡的感覺。左手兩根骨折的手指也一樣，沒問題。

今天早上離開飯店時沒纏上繃帶。除了不想讓寶念過問太多外，即使動作還不是很順暢，原本就想說差不多可以拆掉包紮了。

店員來點餐，名香子點了拿鐵咖啡。

從右手邊的窗戶往下看，看得見許多走在商店街裡的人。

或許因爲天氣持續暖和的關係，沒有見到穿著厚重的人。偶爾看見穿西裝的男人，也沒有人手裡還拿大衣的。

口罩率應該有超過九成吧。

這還是第一次從斜上方往下觀察戴著口罩的人群，不過，那也已是司空見慣的景象。

倒不如說，等到人們把口罩拿掉走動的時候，看了說不定還會覺得哪裡怪怪的？

男女老幼，各式各樣的人在狹窄的街道上熙來攘往。

在那裡的每個人都有父母，有兄弟姊妹，有朋友，其中也有人有小孩。各自有各自的人生，和其他的任何人都不一樣的人生。他們每天都要吃飯，都要排泄，也都必定在某個地方睡覺。

有人生病，有人生龍活虎。有人剛訂婚，也有人決定要離婚。有說自己很幸福的人，也有說自己不幸的人。一定也有支支吾吾說不上自己是幸福還是不幸的人。

眼下走過的所有人，最後都會朝同一個地方去。

在各自不同的他們身上，唯有那個地方是眾人的共通之處。然而，這「往同一個地方去」的事實無可改變，也使他們無論如何都將成爲同樣的存在。

人類到底是什麼？

名香子想。

這些人們出生，活著，然後死去。

這到底代表了什麼？

名香子自己也正面臨著這個問題。

想起剛才一起吃便當的寶念富太郎。

寶念說他是無精子症。

「如果那時妳繼續跟我在一起，就沒辦法生小孩了」。

他這麼說。

「小名有女兒眞是太好了」。

他還這麼說。

名香子無法想像沒有生下眞理惠的人生。她誕生了，在名香子手中長大，現在終於要離家獨立。名香子不可能窺見沒有這樣的眞理惠存在的世界。

不過，聽到寶念那麼說時，名香子第一個想到的不是這些。

——從我身邊奪走這個男人的岡副吹雪沒能生小孩。

這麼想的同時，內心大呼痛快。

但是現在回想起來，名香子爲自己的膚淺感到有些丟臉。人家吹雪在知道丈夫的無精子症後，立刻就接受了事實。

「因爲我不怕，所以沒關係」。

彷彿聽得見吹雪自豪的聲音。

寶念爲什麼選擇了吹雪而不是名香子？

那天晚上，他曾說：

「不是岡副小姐像小名，是小名像岡副小姐啊。而我眞正應該愛的人不是小名，一定是岡副小姐才對。」

這段話或許準確地點出了事實？

成爲眞理惠父親的德山良治，曾有個叫香月雛的未婚妻。

如果雛把自己的病告訴良治，良治想必會堅持與她結婚。正如雛也曾形容過的那樣，良治就是這種人。

如此一來，名香子就不會在跟著好友美美去參加的忘年會上認識良治，更別說結婚了。

名香子和無精子症的男人分手，良治則被迫放棄和無法生小孩的女人結婚。

於是眞理惠出生了。

——簡直就像是眞理惠安排了這一切的發生……

名香子忽然這麼想。

良治十月八日出院。雛在語音留言裡說「德山已經按照預定計畫出院了，整體來說算是滿有精神的」，那之後，無論良治或雛都不曾再與名香子聯絡。

眞理惠第一次去那裡找良治，是出院的隔天，也就是十月九日。

聽她提起這件事時，名香子沒有問到任何關於良治身體狀況的事。

既然是出院隔天，就表示離手術日也只有四天。要這樣的良治到距離遙遠的三鷹來探病，對他的身體來說或許太吃力了？

他拒絕探病的背後原因，當然也包括身體狀況的問題吧。

手術至今差不多一個月了。就算從出院日算起，今天已是第二十六天。良治的身體是否順利恢復中？還是正苦於手術的後遺症或傷口疼痛呢？

可是，這些事對名香子來說，就像比遠方景物更遙遠的天上飄浮的一小片雲。

良治自己也宣稱今後的治療將由香月雛陪他一起去做。

病患本身都這麼說了，更何況還是在雛以前的主治醫生當副院長的癌症中心動手術。這麼一想，根本沒有名香子介入的餘地。

這樣的感慨，對結縭二十二年，育有一子的夫妻來說，會太薄情了嗎？

有這種感覺，但又覺得好像不太對。

人生本來就是這樣，夫妻也本來就是這樣的吧？

夫妻之間除了生小孩之外還有其他特別的價值。會這樣想的人，只能說還太年輕。

至少名香子和良治之間沒有那樣的價值。

——已將眞理惠撫養長大的現在，我們沒有繼續一起生活的理由了。

那天，良治在「敦龍」說的那番話，簡單來說就是這個意思。這就是他想告訴名香子的事。

除了生下眞理惠之外，我們沒有任何被賦予的使命或意義。既然如此，今後的歲月就各自過自己喜歡的日子吧。

前天走去元町車站的路上，奈奈說「老了以後，大家住在一起就好了啊」。

「最後從丈夫、小孩那些麻煩得要死的存在獲得解脫，活得自由隨興雲淡風輕，最後安詳地死去」。

她還說，這種「結束方式」對人類而言是「滿高級的結束人生方式」。

母親貴和子也說：

「妳不但有讀大學，還有自己的工作，更何況良治都說房子要給妳，退休金也會給妳一半，或許沒必要勉強復合。眞理惠都上大學了，妳今後也可以選擇過自己想過的自由生活不是嗎？」

——奈奈和貴和子說的一定是對的……

望著熱鬧的心齋橋商店街，名香子內心如此低喃。

37.

下午三點多，搭上新幹線「希望號」。

這次也選了綠色車廂，不過車上比來的時候空。連到京都時，隔壁座位都沒有人坐，一路搭到名古屋都是一個人。

名香子總算感覺放鬆了一些。

看了一陣子窗外的景色，把放倒的椅背收回，從掛在掛勾上的包包裡拿出一本薄薄的冊子。是離開老家時，母親說「可以在回程的新幹線裡看看」交給自己的俳句集。

這是母親創辦的俳句會成員，去年搬到札幌後，在那裡新結交的俳句夥伴創作的俳句集。對方似乎寄了很多本給母親。這麼說起來，母親並不直接認識這本俳句集的作者。

作者的名字是「國兼淑子」，俳句集的名稱叫「枯向日葵」。這裡的「枯向日葵」大概唸作「KAREHIMAWARI」吧。封面上畫著幾朵在向晚景色中低垂著頭的向日葵剪影。原來如此，每一朵看起來都像垂著沉重的頭，本該粗壯挺立的花莖看上去也已乾枯。

根據版權頁的內容，這本書今年九月才剛出版。出版社是「短歌研究社」，書腰上大大印著出自宮部美幸的推薦文——「淑子女士的世界。那是令人心頭雀躍的十七音②日式魔幻寫實主義」。說不定這位國兼淑子是個名聲響亮的俳句詩人呢。只是，從下面還有一句「首部俳句集終於問世！」看來，這本俳句集應該是她的處女作。

書腰背面記述著作者的簡要經歷。

〈昭和十年生，居於北海道札幌市。因緣際會，從六年前加入作家宮部美幸主導之私人俳句會「ＢＢＫ俳句會」（成員多為編輯），自由而令人意外的風格，一直為俳句會成員帶來嶄新刺激，八十五歲的「王牌」詩人〉。

看來是因為這層關係，宮部氏才會特地寫下推薦文。

翻到書末的「作者後記」，前段更詳細描述了國兼淑子投入俳句創作的原由。「昭和年代尾聲往生的先夫，當年退休後加入了『麗俳句會』，我也未經深思陪著加入，至今三十餘年。

之後，承蒙四方萬里子氏、新妻博氏及辻脇系一氏等前輩提攜，也就這麼持續了下來。

此外，沒想到有幸搭上擔任出版社文學編輯的小犬順風車，於六年前的平成二十六年夏天，加入作家宮部美幸女士與各位編輯們組成的『ＢＢＫ俳句會』，實屬幸運。

現在雖然實力敬陪末座，但也隸屬現代俳句協會、雪嶺銀河同人會、歸之會、北農連會俳句、BBK俳句會。

儘管不是陪同參加就是搭順風車參加，現在俳句已成爲我身體的一部分。

想來踏入黃泉之時，也將一邊細數五、七、五一邊前行。」

踏入黃泉之時，也將一邊細數五、七、五一邊前行——母親貴和子一定也是這樣吧，名香子心想。在她的人生中，俳句也已經成爲身體的一部分了，這點和這位作者倒是沒有兩樣。順帶一提，貴和子出生於昭和二十二年，年紀正好比作者小一

② 俳句是由五、七、五共十七音組成的日本定型短詩。

輪。

上次讀俳句集，不知道是幾年前的事了。

雖說偶爾返鄉時也會悄悄從貴和子書櫃抽下幾本看看，最近幾年都沒有這類記憶，更別說逛書店時伸手去拿俳句集了。就連報紙上的俳句欄，通常也都跳過不看。

仔細想想，自己的母親對俳句那麼熱衷，身爲女兒的人卻對俳句毫無興趣到這個程度，要說不可思議也眞的很不可思議。

對於貴和子的熱衷俳句，名香子從來不曾有過負面想法。

反而應該說，她一直認爲這是個優良嗜好。再說，創辦俳句會之後，母親的人脈拓展得更廣，看上去也活得更神采奕奕。就這個層面來看，多年來讓母親獨自留在故鄉的名香子，對俳句始終心存感激。

想著想著，名香子不禁輕聲嘆氣。

做夢也沒想過父親離職創業的背後，原來有著背叛母親的過去。

那樣的父親，與在明石分公司時的部下發生關係。而父親單身外派到長野時，她還辭掉工作追過去。

父親決定回明石時，曾對母親低頭道歉，還說「發生了各種事，如果想要回到妳身邊，這是最好的辦法」。

發生了各種事，到底是哪些事呢？他和那個專程追他追去長野的女人，在那一年之中發生了什麼事？

母親說她也不知道，眞的嗎？

父親和那個女人分手的事，母親眞的完全沒有介入嗎？

與情婦分手，離開公司回明石創業，完全出自父親一個人的決定嗎？

關鍵人物父親什麼都沒說就離世了，現在身爲女兒的名香子也無從得知當時發生了什麼。就算再去問母親，得到的應該還是一樣的答案。

和父親分手後，那個人現在不知道在做什麼？

她後來走上什麼樣的人生呢？

母親說那個女人比父親年輕許多，想來她現在仍活在日本某個地方。名符其實每天都要吃飯，都要排泄，也必定在某個地方睡覺。或許生了病，也或許還健康。或許結婚了，也或許沒有。或許很幸福，也或許過得不幸，又或者說不上到底是幸福還是不幸。最重要的是，她也和走過心齋橋商店街的人群及名香子自己一樣，日復一日朝向那唯一一個相同的終點走去。

想像著這個不知道名字、長相和年紀的她，發現自己在不知不覺中，把只見過一次的香月雛的臉，疊在那張沒有五官的臉上。

放棄思考，名香子翻開《枯向日葵》。

回應挑釁的紅色秋櫻群

大寒流　若無其事的致死量

如要飛翔就成爲那紅葉峪的女鬼吧

朦朧靈柩的小窗由我來關上

適度活著　領取敬老節贈品

紫玉蘭最好從猥褻的傢伙開始凋謝

被拋棄的家中櫻花盛開　請視若無睹地通過吧

沒法像煮凍一樣咕溜說謊的人

照護員喜歡的食物和煮乾蘿蔔絲

活上四萬六千個漫長日子就會變成魔女

千棵吉野櫻是前往鄰世的捷徑

耶誕節　拔掉人工呼吸器吧

看著呈現秋色的點滴打盹

滿滿秋意與共乘輪椅
手術後的我　心情就像團子蟲
菊花　請別帶我一同上路
飄落紅葉中有離別也有動彈不得的雙腿
看著平凡無奇的深紫繡球花莫名掉淚
看著雲朵般的櫻花不可思議竟還會心動
黃水仙　當個壞婆婆活下去
熱帶夜　爲了活下去喘氣
沐浴暖陽下　這世界還值得活
菊花盛開的秋日晴天　就算被拒絕也無妨
絨球大理花　說了小小的謊言
曾幾何時壞掉的我　水中花

沒有魚刺的魚　醫院漫長的夜

想拾起下雪的聲音　助聽器

搭上貓巴士　前往雪光映照處

也帶有清純性感的水芭蕉

烤茄子　昔日遇見妻子時

春愁　門牌是先夫的筆跡

感受春日的氣息　點滴針一插即入

獨食廣辭苑的語稻雀

月球漫步至鄰世　罌粟花

黃落之際的頭痛空間　白鴉

仰望天河　想要紅色的棺木

冬月　想成爲易撿之骨

親暱撿拾雪雕之骨
一句話也不交談的日子　烤秋刀魚
就算這麼熱也不會死
草木萌芽時　開心挑選遺照
蹲得兩腿痠軟　找到飛蝗
用摩挲你背部的那雙手洗刷墓碑
星月夜　鄰床有虎
在迷宮般的向日葵花田裡漸漸變成愛麗絲
殺了雪女而來的春天的北風
彼岸寒愴　也曾是年長之妻啊
問朦朧月夜　有不可怕的死亡嗎

「作者後記」後段，描述了作者過去罹患腸阻塞後又得了敗血症，躺在床上連翻身都不能的事，以及因腦梗塞而陷入差點失明的危機等。或許因爲有這些經歷，俳句中隨處可見充滿大量關於疾病與老死的描寫。

不過，包括不是這樣的句子在內，名香子先是將整本書順順地讀完一次，再往回翻頁一句一句思考其中含意，全部思考過一次後，再翻回去細細品味特別喜歡的幾句。如此一來，發現那些關於疾病與老死的句子帶有一股獨特的開朗輕快，甚至散發詼諧戲謔的光芒，在名香子心中醞釀出淡淡的暖意。

連這位三十多年前失去丈夫，獨活至今的八十五歲老婦都能活得如此優遊自在，生氣勃勃啊。這麼一想，名香子對自己遙遠的未來不禁懷抱起撥雲見日般的愉快心境。

「寫得很不錯喔」。

忽然能明白母親這麼說著將俳句集交給自己時的心情了。

就這樣花了好一段時間在一百三十頁中約莫三百六十句俳句裡來回吟味時，忽然注意到其中一句。

之所以特別注意到它，是因爲仔細一看，發現句子上方做了個小小的圓圈記號。

鉛筆的痕跡很淡，現在才發現。

新年第一籤便抽到兇　值得奮戰的一年

是這麼樣的一句。

名香子在口中喃喃複誦了這一句好幾次，揣想在全新的書中特地挑出這句做記號的母親心境。

心想，這種激勵人的方式，完全就是貴和子的風格。

38.

原本打算一回東京就開始工作，現在，名香子改變了主意。

看了各種報導和現在確診者的數字走勢，總覺得下半個月到明年過年前後，肯定會再掀起一波大規模的疫情。這麼一來，九月恢復實體課的補習班課程勢必得改回視訊課，一對一家教課也得繼續保持線上視訊的方式了。

以名香子的狀況來說，從三月到現在一直都是這樣用電腦和耳機麥克風進行教學，從目前這情形看來，一樣的做法至少得持續到明年春天，也就是還有將近半年都得處於這種授課狀態。

——這樣實在太令人厭煩了。

她如此心想。

良治說，人類在漫長的一生中擁有好幾個「再來一次」的機會。掌握這個機會還是錯過這個機會，端看自己怎麼做。他自己就是決定抓住這次遇上的「最後一次機會」，下定決心和香月雛攜手踏上嶄新的人生……

那雖然是教人聽了訝異得說不出話，既自私又不負責任的說法，最近名香子漸漸覺得，和這樣的人育有一子，共度二十多年歲月的自己，似乎也該負起一部分的責任。畢竟選擇嫁給良治這個男人的是名香子自己，這麼一想，姑且不論那是不是「再來一次」的機會，連名香子也跟著被迫站上大幅改變人生的岔路口。

就算疫情當前，在面對人生中這麼重大的事件時，自己還整天對著電腦螢幕教英文，這樣眞的好嗎？

「厭煩」之中也包含了這樣的心思。

經過一個晚上的深思，回到東京隔天，名香子打電話給佐伯班主任，表達了想直接辭職的意願。原因是車禍的後遺症比想像中嚴重，身體的狀態實在無法復工。

「如果需要的話，我可以提出診斷證明書。」

她還這麼補充。

班主任當然沒有要求診斷證明書。雖然回應「眞可惜」的聲音聽起來好像很頭疼，其實現在因爲疫情的關係，遠距講師在市場上呈現僧多粥少的狀態。想用自己擅長的英語在家工作的人太多了，卽使像名香子這樣的資深講師很難得，但也絕對不會找不到代替她的人。

同樣拿後遺症當理由，一一寄信給一對一家教課的學生，告知停止教學的決定。雖然大家都對名香子忽然停止教課感到驚訝，至少她也同時介紹了代替自己的老師，課程本身不會中斷，學生們沒有實質上的損失。

兩位代理老師都是和名香子有多年交情的講師朋友，事前也已取得他們的同意。

「受了這種傷，一開始的休養最重要，妳就暫時放下工作好好治療，學生們交給我吧。」

兩人異口同聲這麼說。他們也都是資深教師，實力比起名香子絲毫不遜色，想必學生們也不會有所不滿。

就這樣完全放開了持續多年沒有休息過的英語教師工作。意想不到的是，內心一點感傷都沒有。

暫時不用擔心食衣住行，名香子名下也有一筆相當額度的存款。

說得難聽一點，名香子已經計算過了，只要有這棟房子，就算不勉強工作，自己一個人也能活得下去。

——簡單來說，工作隨時都可以辭掉。

一發現這點，就想通了自己持續從事教職的真正原因。

首先，名香子當然很喜歡教別人說英語這個工作。從這份工作中不斷磨練自己的英語能力，也是一件有意義的事。

另一個原因是，她討厭完全依賴丈夫經濟能力的生活。說得更正確一點，是害怕。

說來不怕人誤會，名香子內心對「專業家庭主婦」的印象就是「囚犯」。一舉手一投足都在丈夫這個典獄長兼看守員的嚴厲監視下的「單人監獄」囚犯——不確定從什麼時候開始有這個想像，大概從國中、高中時代起就有這種感覺了吧。

這個想法與母親貴和子無關。

一直以來，父母看起來感情都很好，因爲父親工作關係到處搬家的生活中，不管住在哪裡，母親都能建立起穩若磐石的家庭。如此能幹的母親不只是名香子，也是父親久慈男的一大支柱。

母親給名香子的印象不是「囚犯」，而是「一家之主」。

這麼說來，會有那種想像，應該與時代有關吧。

還是與教育有關？

或者該歸咎於媒體？

然而，即使在有了一定程度知識的現在，名香子心目中的「專業家庭主婦」依然穿著囚服。

——我工作是爲了不讓自己淪爲囚犯。

這麼一想，就覺得一切都說得通了。

現在，典獄長兼看守員的丈夫既然已經消失，自己對辭掉工作一事既不猶豫也不後悔，也就沒什麼好奇怪了。

在沒有名爲家庭的監獄和名爲丈夫的典獄長兼看守員的世界，名爲「專業家庭主婦」的囚犯當然也就不復存在。

回到東京三天後的十一月五日，星期四。

眞理惠久違地回家，來拿名香子從關西帶回來的伴手禮。

戴著口罩進家門，坐在餐桌邊她的固定座位。名香子只給她沖了咖啡，自己則在她斜對面坐下來喝南非國寶茶。

每次回明石，一定會買蓬萊的肉包和聖護院的八橋回來給眞理惠。

這兩樣都是她愛吃的東西。

「口罩拿下來嘛。」

看她每次要喝咖啡就得先取下口罩，喝完又戴回去，名香子這麼說。

「我都去了一趟明石住四天三夜回來了，妳看我一點事都沒有，對自己也多了點信心。」

「這可不行。我昨天才剛去過爸爸那裡。」

眞理惠說出昨晚在電話裡沒說的事。

「這樣啊。」

話雖如此，名香子倒也不太驚訝。

「我在那間店裡跟爸講話，客人還滿多的，雖然他有戴口罩，我還是看得心驚膽跳。雖然他說平常大都待在二樓辦公室就是了。」

「那你們幹嘛不在二樓見面就好？」

說著，名香子想起只去過一次的「如雨露」二樓那間寬敞的木地板房間。那天是十月五日，也就是正好一個月前的事了。感覺起來卻像好久以前。

「二樓那個人的繪畫教室要用，好像每次繪畫課的時候，爸爸都會到樓下。」

「這樣啊。」

良治才剛動完肺癌手術，待在人來人往的「如雨露」消磨時間，聽起來好像有點危險。萬一染疫，就算他才五十多歲，轉成重症的可能性也很高。

「不過，他說昨天是最後一次了。」

像是察覺名香子的擔憂，眞理惠這麼說。

「昨天是最後一次？」

「繪畫教室啦。聽說從上次解除緊急事態宣言恢復上課後就一直沒有停過，但是最近確診者愈來愈多，暫時好像會先停課。」

「是喔。」
「好像是。」
對話到這裡停了下來，名香子只能等待眞理惠再次開口。
於是，眞理惠從外套口袋拿出手機，點了幾下後，將螢幕轉向名香子。
「妳看這個。」
名香子把臉湊近手機螢幕。
螢幕中的照片裡是個染金髮，戴誇張黑框眼鏡的男人。黑色T恤上罩著一件寬大的卡其色飛行夾克。夾克的內襯還是鮮艷的橘色。
「妳看得出這誰嗎？」
眞理惠這麼說，名香子卻毫無頭緒。
「誰啊？這人。」
「看仔細一點嘛。」

眞理惠乾脆把整支手機遞過來。名香子雙手接過手機，拿到眼前。金髮男滿臉笑容，彷彿就要舉起雙手比「YA」。

終於認出他是誰，名香子朝眞理惠望去。

「這是怎麼啦？」

「一開始他走出來的時候，我也沒認出是誰。」

仔細看才認出這金髮男是良治。

「然後呢？」

「然後」什麼，自己也不知道，只是隨口這麼說。

「他說工作已經辭掉，自己是自由人了。好像從很久以前就想打扮成這樣喔，在美國的時候也想染金髮，只是沒有勇氣。一看這張照片就知道了吧，爸爸眞的已經變成另外一個人了。」

名香子再次端詳手機裡的良治，不經意地想。

——挺開心的嘛。

「媽媽。」

眞理惠一臉嚴肅的表情。

「現在的爸爸腦袋一定壞掉了啦，所以，或許最好暫時隨他去了。」

名香子內心暗忖——不管我們要不要隨他去，他都隨心所欲去做自己想做的事了啊。

「那，眞理妳這次有見到香月小姐嗎？」

名香子轉移了話題。

不知道這之前眞理惠去了幾次「如雨露」，只知道名香子住院隔天，眞理惠過去的時候，有見到香月雛，也和她說了話。

「只有要離開的時候見到一下下。那時繪畫教室好像下課了，她剛好回店裡。」

真理惠說。

「真不知道爸爸到底覺得那個人哪裡好，媽媽比她要漂亮一百倍。」

彷彿自言自語似的，又這麼說了一句。

「那妳跟爸爸都聊了些什麼？」

「媽媽出車禍的事啊，還有爸爸的身體狀況之類的。」

「這樣啊……」

說到這裡，名香子凝視女兒的臉。

仔細想想，夫妻倆給這孩子造成好大的困擾啊。受我們這對愚蠢夫妻拖累最多的，不正是這孩子嗎——她愧疚地這麼想。

「就像照片裡的那樣，爸爸看起來很有活力，他自己也說沒哪裡痛或不舒服，狀況很好。」

「這樣啊。」

良治向來溺愛眞理惠，眞理惠也很愛爸爸。名香子一直告誡自己，絕對不能因爲自己而害他們父女關係受到損傷。

「我跟爸爸說媽媽的傷勢也好多了，爸爸鬆了一口氣喔。」

「是喔。」

名香子點點頭，又問：

「其他還有說什麼嗎？」

其實並沒特別想知道，只是如果隨口回應，眞理惠一定無法接受。

「其他就沒說什麼了。頂多就是爸爸很煩，一直叫我吃店裡的拿波里義大利麵，沒辦法只好吃了。」

「拿波里義大利麵？」

「對，好像是用上一代老闆獨家相傳的食譜做的，是那間店的名產。」

「眞那麼好吃嗎？」

「嗯，普通好吃啦。當然，我有好好付錢喔。畢竟渴不飲盜泉水嘛。」

眞理惠得意地笑著說。

看在做母親的眼裡，那表情眞是生動可愛。一看就知道，她即將邁入女人最美好絢爛的季節。日漸成長的女兒，也讓名香子感到一股說不出的可靠。

「妳竟然知道渴不飲盜泉水這麼冷僻的用法。」

名香子說。

「要回來的時候，我去櫃台結帳，爸爸笑著這麼說的啦。他說妳這叫渴不飲盜泉水是吧。」

眞理惠一臉若無其事的樣子回答。

39.

眞理惠回去後，隔天，名香子開始整理房間。

車禍受的傷已經完全痊癒，時間又多得是，便想先好好把家整頓一番。

決定清空所有良治的東西。

並非打算藉由這個行動斬斷與他之間的關係，也不是想對他做出反擊或報復。

簡單來說，感覺比較類似整理故人遺物。

話雖如此，如果眞的是亡故親人留下的東西，恐怕暫時無法動手去碰吧。不過，只是離家出走投奔情婦的丈夫留下的東西就能輕鬆處理掉了。

兩者最大的不同，不是思念和怨恨的差異，終究還是死者與生者的不同。再也見不到的人留下的東西上，或許仍棲宿著那個人的靈魂。相較之下，還在世的人留下的東西怎麼樣也不可能還有靈魂。

盥洗室裡的牙刷、漱口杯、刮鬍刀、髮膠、染髮劑，浴室裡的洗髮精、護髮乳、沐浴乳，愛用的水杯、馬克杯，鞋櫃裡的鞋子、雨傘、高爾夫球具……這類東西一邊分類一邊裝進垃圾袋。共用空間裡的東西一轉眼就整理完，剩下的都是二樓良治房間裡的個人物品。

名香子猶豫著該不該去動那間房間。

既然共用空間裡已清理得不留他的痕跡，暫且把那間房間封印起來也就行了吧。

可是，這麼一來，那裡簡直就變成不能打開的禁忌房間，房子就這麼點大，卻有一間這樣的房間，感覺起來也挺不舒服。

終究還是決定把他的東西全部處理掉。

上網找廢棄物回收業者，現在這個時代，輕易就能找到將一整個房間的東西一趟帶走的服務。只需要花上幾小時的時間，費用也只要幾萬圓。短短幾小時的話，把二樓窗戶全部打開就無須擔心傳染風險了吧。只要和業者保持最低限度的接觸就好。

名香子立刻決定委託業者。爲了做好事前準備，踏入良治的房間。平時偶爾也會進來開窗換氣，不過自從他離家後，還沒有好好進來過。

卽使委託業者能一次帶走整個房間的東西，公司的文件或寫有個資的東西，還是得自己收起來或處理掉才行。

睽違一個半月檢視這個房間。上次進來這裡，是獨自一人從「敦龍」回到家後，爲了確認他是否眞的離家而進來查看。還記得當時看到良治把自豪的收藏品原封不動留著，內心更加狐疑的事。

今天名香子第一個直奔的不是衣櫃，而是一層一層檢查書桌抽屜和書櫃旁差不多有一個人高的文件櫃。

花了一小時仔細檢查，發現各自保管的年金手冊、護照和存摺都消失得一乾二淨。

自己在三鷹住院那段時間，眞理惠都住在家裡，良治不可能趁那段名香子不在的時間回來帶走這些東西。更何況，當時他自己也才剛動完手術，正是復原最辛苦的時期，怎麼想也不會做出這種幾近闖空門的舉動。如此想來，就表示他九月十七日在「敦龍」提分手之前，早就把這類貴重物品帶出這個房間了。

「後來下定決心，只要確定眞的得了肺癌，就好好把話說清楚」。

他在說這話的時候，交給了名香子一封信。既然連信都事前準備好了，把這些東西帶走似乎也是理所當然的事。

這時，名香子心頭突然浮現一個不好的預感。

匆匆離開良治工作的房間，衝進同樣在二樓的臥室。

打開正對床的衣帽間，走進其中。

設置在左右兩側和正面的橫桿上掛滿名香子的衣服，事實上，衣服遮住的正面左端有個挖空牆壁做成的保險箱。

保險箱裡放著名香子的珠寶、存摺、年金手冊和護照，還有這個家的權狀，以及夫妻倆一起購買的所有債券與證券。

將礙事的衣服推到右邊，名香子蹲下來按保險箱密碼。

保險箱門打開，第一個確認的是這棟房子的權狀，一如往常收在抽屜裡。放在另一個抽屜的債券和證券類也原封不動留在裡面。

看來良治完全沒動過這個保險箱。

名香子鬆了一口氣。

鎖上保險箱，衣服推回原位，走出衣帽間。

仰躺在床上。

「唉，我到底在幹嘛？」

一邊嘆氣一邊這麼說。

那天，開著良治心愛的 Lexus UX，打算去千住富士見町的「如雨露」接他。明知只去一次不太可能把他帶回來，仍在汽車導航上設定了目的地，握住方向盤。開上高速公路時，做好今後不管幾次都要去的心理準備。

然而，之後無預期地出了那場車禍，自己不知何時完全喪失這麼做的意願了。和母親貴和子及摯友越村奈奈商量，獲得她們強而有力的激勵。

——良治的事隨便怎樣都無所謂了。

開始出現這種豁達的心境。

不過，畢竟是結婚多年的丈夫被他過去的未婚妻奪走，怎麼樣也不可能「無所謂」吧。

「結果媽媽只是在逃避而已」。

好幾次想對眞理惠說這句話，最後還是吞了回去。

「現在的爸爸腦袋一定壞掉了啦，所以，或許最好暫時隨他去了」。

說著這種話安慰母親的眞理惠內心深處，說不定覺得自己只是在縱容罷了。

「新年第一籤便抽到兇 值得奮戰的一年。」

名香子喃喃唸出貴和子做了記號的那句俳句。

「新年第一籤便抽到兇 值得奮戰的一年。」

不要逃避，就算會以失敗告終，也該好好迎戰侵門踏戶的敵人，不然這算什麼夫妻。這算什麼人生。

名香子坐起來，看一眼放在床頭櫃上的鬧鐘。

下午快一點了。

從床上起身，鼓舞自己。

——該上戰場了。

40.

從離家最近的車站搭上下午兩點多的電車，在私鐵和地下鐵間轉乘了幾趟，抵達北千住車站時正好三點半。

或許因爲是平日的白天，各路線的電車都很空。前天還只有三位數的全國確診者人數，到昨天一口氣突破千人。疫情擴散的大浪正朝這邊來襲。歐美各國也一樣，進入這個月後，確診人數急速攀升。

車上乘客全都戴著口罩，沉默無聲。

簡直就像衆人一起進行什麼無言修練似的。

雖然一開始會有不少人懷疑口罩的防護力，在看過超級電腦的影像分析後，現在口罩的防護力已是世界公認。即使如此，在確診人數及死亡人數都比日本多幾十倍的歐美各國，至今口罩仍不是人人必備的東西。

驚人的是，美國甚至有以「擁有不戴口罩的自由」爲訴求的街頭抗議活動。戴口罩這件事，除了預防自己受感染外，也是避免疫情擴散，保護他人不受感染的有效方法。這已經是經過科學證實的事。如果這樣還要主張自己有「不戴口罩的自由」，豈不等於宣稱自己有「讓別人染疫的自由」。「讓別人染疫的自由」眞的是値得保障的自由嗎？

要是在日本，這是絕對不可能的事，一定馬上就被否決。然而，在一部分美國人心中，這種幾近歪理的「自由」仍有說得通的餘地。

「我們才不怕什麼新冠病毒。何時感染都無所謂，萬一因爲這樣失去生命也不會難過。所以，我們自己負起不戴口罩的責任。說得直接一點，誰想爲了區區病毒活得小心翼翼啊。如果你們眞的那麼不想被感染，你們自己不要靠近我們就好。簡單來說就是這麼回事」——也就是說，在美國有一定人數抱持這樣的想法。

當然，在日本一定也有人有類似想法。

既然如此，像名香子這樣肺不好的人，只能遵從他們所說，自己注意不要去接近不戴口罩的人了。

名香子從當初感染一擴大，就同步將所有課程轉爲線上課，完全不吃外食，避免與朋友見面，甚至限制眞理惠回家的次數，盡可能把自己關在家裡。丈夫良治在這一點上完全同意名香子的想法，所以向來積極主動外出採購食材和日用品。

可是如今回想起來，那份體貼的善意，會不會有很大一部分只是表面功夫？利用名香子不出家門的生活型態，他就能一人獨佔愛車駕駛權，趁機勤快地跑去香月雛身邊。

眞理惠說，二樓辦公室當繪畫教室使用時，良治都在樓下的「如雨露」咖啡店內打發時間。才剛動完肺癌手術的他，肺部一定遠比名香子還脆弱。就算這樣，他還是長時間待在人來人往的「如雨露」，這不是一個擔心被感染的人該做的事。允許他這麼做的香月雛也太不明事理了。

從良治現在的生活態度看來，當初對名香子的種種體恤，只能說是表面工夫了。

今天去「如雨露」，能跟他說上多少話也不知道。只是，希望至少能提醒他注意今後確診人數的增加，對疫情抱持更嚴謹的警戒態度。

名香子也打算強烈這麼要求香月雛。

她已經奪走名香子的丈夫，絕對不能讓她連眞理惠的父親都奪走。

走了一會兒，發現北千住車站離「如雨露」比想像中還近。大概是手機的地圖應用程式從這一帶錯綜複雜的巷弄裡找到一條捷徑了吧，不花十分鐘就抵達店門口。

店的氣氛和上次沒什麼兩樣。雖然天氣變冷，風也大了，入口的大門還是保持開放。微微蹲低身體窺看店內，或許因爲時段的關係，客人不多。吧台邊有一個客人，裡面也只有一組客人。想找尋良治或雛的身影，但從外面確認不了。繪畫教室從昨天就停課了，兩人說不定在二樓。

名香子毫不遲疑地走入店內。

吧台裡是跟上次同一個年輕人，穿著白色襯衫和黑色背心，今天也在擦杯子。

環顧店內，最裡面的沙發區還有兩個一起來的中年女客。

名香子走近吧台。年輕人抬起頭對她微微點頭，似乎還記得名香子。

「午安。」

這麼一說。

「歡迎光臨。」

對方就這麼回應。

「香月小姐今天也在二樓辦公室嗎？」

既然對方還記得自己，問起來就方便了。

「不好意思，老闆不在。」

年輕人露出抱歉的表情。

「那她幾點回來呢？」

「不是的，她昨天出遠門了，暫時不會回來。」

名香子完全聽不懂他的意思。

「那麼，德山良治在嗎？」

眞理惠來找過良治好幾次，這位年輕人自然也該認識良治。應該說，他肯定清楚良治是「老闆」家的「借住房客」。

「德山先生也一起喔。」

「一起？」

「昨天和老闆一起出去了。所以，我想他們兩位暫時都不會回來。」

「他們兩人去哪了呢？」

「我想應該是長野那邊吧，詳情我也沒有聽說就是了。因爲疫情變嚴重，德山先生又剛開過刀，老闆說要『撤離新冠』就出門了。」

看來，這個年輕人果然大致上知情。

「他們怎麼出門的？」

「應該是開老闆的車。不久之前她說有個朋友在長野有別墅，隨時都可以借住，要是入冬之後疫情變嚴重，就開車撤退去那裡。所以我猜應該是去那裡了。」

「香月小姐是什麼時候說這些事的？」

「大概十天前吧。」

「那這間店怎麼辦？」

「這裡由我們工作人員營運。其實本來就都是這樣了，當然啦，我們會不時跟老闆報告經營狀況。」

照他有話直說的樣子看來，雛並沒有要求這個年輕人隱瞞什麼。

「這樣啊……」

名香子愣了好一會兒。

該說遲了一步，還是自己料錯了呢。

說要「撤離新冠」，就代表在疫情結束前，雛和良治會一直住在那個跟朋友借來的長野別墅嗎……

眼前閃過昨天眞理惠給自己看的金髮良治。又想起只見過一次面的香月雛那頭漂亮的銀髮。

——良治把頭髮染成金色，是爲了配合雛的銀髮啊……

名香子這才恍然大悟。

「那個……」

聽見年輕人客客氣氣的聲音，她抬起頭。

「難得您特地來一趟，要不要喝杯咖啡呢？因爲上次沒能讓您喝到，當然，算本店的招待。」

仔細一看，年輕人有著端正的五官。總覺得跟誰好像，這才發現，他跟自己這兩年來一對一家教的學生之一長得很像。那個學生還在讀大學。

「那我就來一杯吧。還有，也請給我一份拿波里義大利麵。請讓我自己付錢。」

說完，名香子走向靠牆的其中一張沙發。

41.

「不好意思，請問這個怎麼處理？」

坐在客廳沙發上，看那幾個手腳俐落的年輕人來回一樓與二樓之間，把東西陸續搬運出去時，玉城社長上前這麼詢問。

從「如雨露」回來的隔天，十一月七日星期六，名香子聯絡了廢棄物回收公司

「乾淨溜溜玉城」。提出希望可以盡快的要求，對方說十日星期二上午有空，於是便委託他們這天來搬。

這位玉城社長其實也才三十多歲，和他一起來的三個人更是年輕。四人都戴著口罩和防護眼鏡，手上戴著橡膠手套。不知是工作性質的關係，還是爲了防疫，他們戴的是醫護人員常用的那種圓形N95口罩。

名香子從沙發上起身，走向站在客廳入口的玉城社長。

他的右手握著一個銀色迷你卡式錄音機，那是以前良治用過的東西。

見名香子露出疑惑的表情，社長就把錄音帶的盒蓋打開，讓她看裡面。

「卡帶還在裡面。」

「眞的耶。」

原本以爲這幾天自己已經把良治房間裡的東西都檢查過了，沒想到漏了卡式錄音機裡的卡帶。

「怎麼辦？只把卡帶拿出來嗎？」

社長這麼說。

「這樣的話，機器也不要丟好了。」

只有卡帶沒有機器又不能播放，怎麼確認錄了什麼呢？

「了解。」

社長將錄音機遞過來，收下後，名香子走回沙發。

這是個只有小型鉛筆盒大小的卡式錄音機。裡面的錄音帶也屬於迷你卡帶。仔細一看，卡帶標籤上寫著這樣的小字。

〈小貝比 2000・7・8〉

大概是用原子筆或什麼寫下的文字，經過漫長歲月已經褪色。

二〇〇〇年七月八日是眞理惠出生的日子。

因爲還沒取名字，良治只能寫「小貝比」。

不知道電池還有沒有電，姑且關上盒蓋，打開電源，按下播放鍵。
這個寫著〈小貝比 2000．7．8〉的錄音帶裡，究竟錄了什麼？
錄音帶開始轉動，很快地聽見窸窸窣窣的聲音。難以辨識的雜音，不知道是來自什麼的聲音。幾秒後，突然——
「哇啊——」
傳出了這樣的叫聲。
名香子趕緊把音量轉到最大。叫聲依然持續著。
哇啊、哇啊、哇啊。
忽然聽見誰說話的聲音。
「德山先生，恭喜您，是個可愛的女孩子喔！」
錄音在這裡戛然中止。
名香子按下停止鍵，凝視手中小小的迷你卡式錄音機。

這是眞理惠出生瞬間，名符其實的初生之啼。

名香子將錄音帶倒帶，調小音量，反覆重聽了兩、三次。

記憶漸漸復甦。

直到剛才那一刻都把這件事給忘了，但是沒錯，當年良治和名香子一起進入分娩室，見證了她的生產過程。他還偷偷把這個錄音機放在口袋，暗中錄下孩子誕生瞬間的聲音。

再聽幾次眞理惠的初生之啼後，名香子關掉電源。

想起的事愈來愈多。

生完隔天，良治就把這錄音機帶到病房，讓她聽眞理惠的初生之啼。

但是，名香子根本不在乎這個。因爲那聽起來就跟前一晚餵奶時的哭聲一樣，今後還得聽到不想聽爲止。再說，他竟然把這種機器帶進分娩室那麼神聖的地方，錄下孩子誕生瞬間的聲音。這種理工腦才想得出來的事，名香子也不太喜歡。

良治大概沒想到妻子的反應會那麼冷淡。

那是他第一次也是最後一次讓名香子聽這個錄音。

名香子再度凝視手中銀色的迷你卡式錄音機。

良治是做事那麼一板一眼的人，不可能幾十年來任由卡帶放在錄音機裡沒拿出來。

這麼說來，他是把這錄音機隨時放在手邊，不時一個人聽真理惠誕生時的聲音嗎？

再次按下播放鍵，傾聽眞理惠誕生瞬間的哭叫聲。

毫無預警又赤裸裸地來到這未知的世界，眞理惠一定很害怕又不安吧？當然，她並不是自己想出生才出生，只是順應自然的旨意誕生而已。

即使如此，她仍發出了那麼抖擻的聲音，彷彿在大聲宣布自己現在誕生了，開始存在於這個世界。

——那孩子生下來時哭得這麼激烈呢。

——毫無疑問，這是眞理惠最初的叫聲。

——這是多麼寶貴的紀錄啊。

——良治他總是抱著什麼樣的心情聽這個的呢？

眼眶一熱，名香子按停卡帶，用右手食指按壓眼角。看到指尖濡濕了，才發現自己泛著淚光。

42.

被一個聲音吵醒。

睜開眼，什麼都看不見。還在半夜嗎？

不過，視野漸漸打了開來，天花板的圖案與吸頂燈的形狀清楚浮現。看來天快亮了，這麼說來，現在已經六點多了吧。

進入十二月之後，天亮得愈來愈晚。大概從前天開始，早上和入夜後的溫度降得更低了。昨晚就寢前甚至得把煤油暖爐放在窗邊，溫度設定到最高才睡得著。

名香子緩緩撐起上半身。

陽光從窗簾縫隙間照射進來。是還摻雜了一點夜色的靜謐微光。

已經沒聽到聲音了。

難道是夢裡聽見的嗎？

轉轉頭，右手放在左肩上輕輕按摩幾下。車禍受的傷已經完全痊癒，左手手指留下最後的一點僵硬感，也早在不知不覺中消失。

只是，每天這樣睡醒後，還是忍不住確認脖子和左肩的狀況。

這個習慣不知會持續到何時。

雙眼終於適應朦朧天光時，再次聽見微弱的聲音。

那果然不是夢。

像撥動緊繃的鐵絲般輕微而尖銳的聲音。

閉上眼睛側耳傾聽，聲音就更加鮮明了。

聽起來像是「嚶——嚶——」。不過，那不是單純的怪聲，確實是由什麼發出的聲音。

名香子下床走出房間。聲音從一樓的方向傳來。聽起來像在寢室窗戶下方，那個已經將近半年沒打理，一直放置不管的院子裡。

十一月中旬過後，風見園藝的風見社長打了好幾次電話來。

原訂十二月拜託師傅來整理庭院，但是日期一直遲遲沒有確定。名香子每次都拖延著沒有回覆。幾天前的電話中，終於說出：

「等這邊十二月詳細的行程確定後，我再跟您聯絡。到時如果師傅時間上安排不來，那也沒關係，可以等過完年再來。」

說完這麼不負責任的話之後，自己掛上了電話。

其實當初本想一從明石回來就聯絡風見社長，請他改成十一月上旬來。可是，開始著手處理良治的東西後，東京都內的確診人數急速增加，她就一直拿不定主意。

當然，原本那個不想看到庭院的原因也還在。

客廳窗戶的蕾絲窗簾依然緊閉，就連開窗通風時也不拉開窗簾。盡可能不把臉轉向庭院，話雖如此，偶爾還是會不經意瞥見。花壇和圍牆邊雜草茂盛，整個院子荒廢到了極點。看到這副模樣，就像蓋住發臭的東西一樣，愈發抗拒面對庭院了。

走下樓，在那聲音的引導下，名香子只穿著睡衣就走進客廳。聲音果然從簷廊的方向傳來。

走到客廳窗邊，靠近蕾絲窗簾，豎起耳朵。

原本「嚶——嚶——」的聲音，現在聽起來像是「咪——咪——」。

那絕對是自己聽過的聲音。

名香子毫不躊躇，但小心翼翼地左右拉開蕾絲窗簾。

內心冒出了小小雀躍的種子。

太陽升起，庭院籠罩在早晨透明的光線下。有些樹掉光了葉子，有些仍長著濃綠的茂密樹葉。花壇裡的花草被恣意生長的雜草淹沒，無法確認現在的狀況。就連雜草都有一半已經枯成了咖啡色。

聲音並非來自花壇，聽起來像從後方圍牆邊仍綠意盎然的草叢傳出。

咪——咪——

撥起落地窗鋁框上的扣鎖，靜靜推開窗。

早晨冷冽的空氣灌入室內，聲音乘著空氣入內，聽得更清楚。

咪——咪——咪——

顯然是貓叫聲。

急忙從玄關取來拖鞋，名香子睽違數月踏出簷廊。將拖鞋輕輕放在水泥做的腳踏石上，坐在簷廊上套上拖鞋。

放慢動作走下庭院。

從同一個地方傳來貓叫聲。

咪可成爲這個家的孩子後，不管經過幾年都不像一般的貓那樣喵喵叫，依然像小貓一樣發出「咪——咪——」的聲音。

她不見三個月左右時，良治因爲工作關係去了一趟淺草。

「您是不是遇到什麼困擾？」

路邊一個算命師叫住他，他就請對方占卜咪可的下落。

當天晚上，喝得醉醺醺的良治回家後。

「那個算命師算得眞的很準！我工作上的事和以前的事都被說中了，還問我最近是不是失去什麼重要的東西。我問『您知道是什麼嗎？』他就說應該是很疼愛的小狗或小貓吧。完全被說中了啊。哎呀，我眞是嚇了一大跳。」

一回來就說起這件事。

「那他有說咪可在哪裡嗎？」

名香子不耐煩地聽著這個醉漢說的話，這麼問。

「他說那孩子被人撿走了，對方也很疼她。」

良治這麼說。

「那撿到她的人住在哪裡？」

「可惜，這個算命師就不知道了。」

發現對話內容愈來愈不妙，良治露出有點爲難的表情。

「可是，如果眞的像算命師說的，咪可現在是受到保護和疼愛的話，那眞的太好了呢。」

又用安撫的語氣這麼補上一句。

他爲何能趁著酒意把那種隨口胡謅的內容說得像是哪裡聽來的消息，名香子無法諒解神經這麼大條的良治。

——這個人根本沒在反省，也不難過。

當時她只是這麼想。

可是，隨著時間過得愈來愈久，對良治聽來的那個算命師的說法最深信不移的不是別人，正是名香子自己。

光腳套上拖鞋走下庭院，不出多久腳就變得冷冰冰了。只穿睡衣，連一件外套也沒披，十二月的早晨比想像中還要寒冷。要是站著不動，搞不好會凍僵。

名香子靜靜邁開腳步，走向圍牆邊的草叢。

腦中浮現同樣在這個院子裡，自己張開雙臂說「過來」時，撲進自己懷裡的咪可。也想起小學時，在爸爸公司宿舍附近的小公園，發現左腳流血、蜷縮在草叢裡的咪可。

這次的咪可，會以什麼樣的形式出現呢？

這次的叫聲，比過去的咪可都要尖銳，強而有力。

和良治錄下的眞理惠初生之啼非常相似。

以堅定高亢的聲音宣布自己在此刻誕生，即將存在這個世界的初生之啼。

——就這樣，咪可誕生了，眞理惠誕生了，我自己也誕生了。

雙腳漸漸失去知覺。可是，內心的激動卻帶著熱度不斷膨脹，逐漸充滿名香子全身。

「咪可，歡迎回家。」

這麼輕聲低喃，她一步一步，朝發出貓叫聲的草叢接近。

PL00104

聽我初生之啼

我が産声を聞きに

作　者—白石一文
譯　者—邱香凝
編　輯—黃煜智
行銷企劃—林昱豪
校　對—魏秋綢
封面設計—朱疋
內文排版—陳姿伃

副總編輯—羅珊珊
總編輯—胡金倫
董事長—趙政岷

出版者—時報文化出版企業股份有限公司
108019台北市和平西路三段二四〇號四樓
發行專線／（02）2306-6842
讀者服務專線／0800-231-705、（02）2304-7103
讀者服務傳真／（02）2304-6858
郵撥／1934-4724時報文化出版公司
信箱／10899台北華江橋郵局第99信箱

時報悅讀網—www.readingtimes.com.tw
電子郵件信箱—ctliving@readingtimes.com.tw
思潮線臉書—https://www.facebook.com/trendage
法律顧問—理律法律事務所　陳長文律師、李念祖律師
印　刷—勁達印刷有限公司
初版一刷—二〇二三年六月九日
定　價—新台幣四六〇元

時報文化出版公司成立於一九七五年，
並於一九九九年股票上櫃公開發行，於二〇〇八年脫離中時集團非屬旺中，
以「尊重智慧與創意的文化事業」為信念。

聽我初生之啼 / 白石一文著 ; 邱香凝譯 . -- 初版 . -- 臺北市 : 時報文化出版企業股份有限公司, 2023.06
320 面 ; 21*14.8 公分 .
譯自 : 我が産声を聞きに
ISBN 978-626-353-706-4 (平裝)

861.57　　112004554

ISBN 978-626-353-706-4